먼길로 돌아갈까?

먼길로 돌아갈까?

게일 콜드웰 지음
이승민 옮김

문학동네

일러두기

1. 주석은 모두 옮긴이주이다.
2. 본문 중 고딕체와 볼드체는 원서에서 각각 이탤릭체와 대문자로 강조한 부분이다.

한국의 독자들에게

한국어판 서문을 써줄 수 있느냐는 요청이 나는 참으로 반가웠다. 덕분에 한국 독자들에게 고마운 마음을 전하고, 내가 진정 아끼는 이 이야기가 어떻게 처음 시작됐는지 조금 풀어놓을 수 있게 되었다.

이 책의 제목은 내 어릴 적 기억에 남아 있는 영어의 관용구에서 가져온 것이다. 하루가 이대로 끝나지 않기를 바라는 날이면, 누군가 말하곤 했다. "집까지 먼길로 돌아갈까?" 차를 몰고 있든 걷고 있든 다르지 않았다. 여기에는 이런 뜻이 담겨 있었다. "좀 슬렁슬렁 가보자, 시간이 천천히 흐르도록, 지금이 조금 더 길어지도록." 오래오래 계속 이어지도록.

이 책의 첫 문장은 본격적으로 이 이야기를 쓰기 시작한 시점보다 두 해 앞서 쓰였다. 어느 겨울날 오후, 혼자 서재에 앉아 있던 나는 머리가 굳어버린 것처럼 아무 글도 쓰지 못하고 종이 귀퉁이에 나무 그림만 끼적이고 있었다. 그러다 문득 무심코 이렇게 갈겨썼다. "나에게 한 친구가 있었고, 우리는 모든 것을 함께했다. 그러다 친구가 죽었고, 그래서 우리는 그것도 함께했다."

종이에 적힌 그 말을 눈으로 확인한 순간 숨이 멎는 것 같았다. 나는 그 말을 그대로, 아무것도 더하지 않은 채로 두고 기다렸다. 내가 이 이야기를 처음부터 끝까지 들려줄 준비가 될 때까지. 온화하고 아름다운 이 사람, 너무나도 많은 의미에서 나의 분신이자 나의 자매였던 이 여성과 나의 특별한 우정을 글로 쓸 준비가 될 때까지.

시간의 유한함을 온전히 이해하는 데에는 평생이 걸리기도 한다. 이야기라는 세계의 영원한 현재 안에 우정의 시간들을 되살릴 수 있었던 것이 나로서는 이 책을 쓰면서 얻은 한 가지 선물이었다. 나는 날마다 벅찬 기쁨을 느끼며 계단을 올라 서재에 들어섰고, 그 안에서 기억에 몸을 묻으면 기억의 언어가 스스로 글이 되어 나를 휘감았다. 캐럴라인이 내 머리와 가슴속에 목소리로 존재했고, 나는 바라건대 우리 두 사람보다 더 오래오래 살아남을 무언가에 숨을 불어넣고 있었다.

이제 이 이야기는 다양한 언어로 살아 있다. 어느 정도는 내가 말하려던 슬픔이 보편적이기 때문이라고 나는 믿는다. 운이 좋아 누군가를 사랑하게 된다면, 우리는 모두 애도한다. 상처는 우리를 이어주고 우리를 인간답게 만들어준다.

끝으로 이 책의 옮긴이에게, 그리고 언어를 옮기는 모든 이들에게 말하고 싶다. 우리의 이야기를 세계 곳곳으로 옮겨주는 언어의 기술자들은 언제나 나의 영웅이다. 하늘을 나는 새들처럼 언어와 언어 사이를 오가며 이루 헤아릴 수 없는 선물을 집으로 실어나르는 이들이다. 그 기예와 헌신에 감사드린다.

2021년 가을

게일 콜드웰

끝이고, 끝이며, 끝인, 끝

캐럴라인에게

차례

삶이라는 유수의 황금빛 순간은
우리를 급히 스쳐가고 보이는 것은 모래뿐이니,
천사들이 우리에게 찾아오지만
우리가 그들을 알아보는 것은 그들이 떠나간 뒤일 뿐.

— 조지 엘리엇, 『목사생활의 정경』

새삼스러울 것 없는 이야기다. 나에게 한 친구가 있었고, 우리는 모든 것을 함께했다. 그러다 친구가 죽었고, 그래서 우리는 그것도 함께했다.

캐럴라인이 떠난 이듬해, 애도 초기의 미칠 듯한 슬픔은 모두 지나왔다고 생각할 무렵, 나는 캐럴라인과 수년간 개들을 산책시킨 케임브리지저수지의 오솔길에 서 있었다. 겨울 오후였고, 인적이 드물었다—앞으로도 뒤로도 아무도 보이지 않는 굽이진 길에서, 나는 너무나 커다란 적막감에 잠시 무릎을 움직일 수 없었다. "여기서 내가 뭘 해야 하지?" 나는 소리 내서 그녀에게 물었다. 고인이 된 가장 친한 친구와 대화를 하는 일은 이미 익숙했다. "그냥 계속 걸어야 하나?" 캐럴라인의 삶과 나란히 놓였을 때는 내 삶이 너무나 분명히 이해되었다. 여러 해 동안 우리는 친밀한 사이에서 그러듯 가벼운 일상의 캐치볼을 즐겼다. 공 하나, 글러브 둘, 던지고 받는 균등한 즐거움. 이제 그녀가 없는 필드에 나 혼자다. 글러브 하나로는 게임을 할 수 없다. 누군가를 잃고 홀로 남은 당신이 누구인지, 슬픔은 가르쳐준다.

1.

강가에 선 캐럴라인이 눈에 아직도 선하다. 목에는 수건을 두르고, 손에는 운동 후 담배 한 개비를 든 모습—'기젯'과 '스플렌디드 스플린터'를 반씩 섞어놓은 것처럼* 어디에서 찾아 입었는지 모를 끔찍한 분홍 수영복에 도전하듯 로잉**하는 사람 특유의 팔근육이 대비되던 모습. 때는 1997년 여름, 캐럴라인과 나는 서로 운동종목을 바꿔보기로 했다. 나는 그녀에게 수영을, 그녀는 나에게 노 젓는 법을 가르쳐주기로. 이 합의로 가장 가까운 친구의 로잉보트, 그것도 최대 폭이 고

---

* '기젯'은 1957년 발표된 동명의 소설 시리즈 주인공으로 서핑에 빠진 열다섯 살 소녀, '스플렌디드 스플린터(the Splendid Splinter)'는 미국 프로야구의 전설적인 타자 테드 윌리엄스의 별명이다.

** rowing. 노를 저어 배의 속도를 겨루는 수상스포츠. '조정'이라고도 한다.

작 30센티미터인 바늘처럼 가느다란 배 안에 웅크려 앉은 내 꼴은 노를 젓는 사람이라기보다 술 취한 거미에 가까웠다. 우리는 뉴햄프셔주 화이트마운틴 근처에 있는 1.5킬로미터 길이의 청정한 초코루아호湖에 있었고, 캐럴라인 외에 나의 대담한 묘기를 지켜볼 사람은 그곳으로 함께 휴가를 떠난 친구 톰뿐이었다.

"아주 좋아!" 캐럴라인은 내가 엉성하나마 조금이라도 기술적인 동작을 해 보일 때마다 나를 향해 소리쳤다. 나는 주먹이 핏기 없이 새하얗게 변하도록 노를 움켜잡고 있었다. 서른일곱 살이던 캐럴라인은 로잉을 한 지 십 년이 넘었고, 나는 그녀보다 아홉 살가량 많고 평생 수영을 해온 사람이기에 물위에서 스컬*의 기초를 터득할 정도의 신체적 역량은 아직 있다고 생각했다. 그런데 메트로놈처럼 정확한 캐럴라인의 스트로크를 흉내내고 싶은 마음만 앞섰지, 보트에 그냥 앉아만 있는 것도 물위에 떠 있는 나뭇잎 위에서 중심을 잡듯 위태로울 줄은 미처 몰랐다. 어쩌다가 그녀의 말에 넘어가 이걸 하겠다고 했을까?

보통 초보들은 캐럴라인의 밴두센호號에 비해 무게와 폭이 두 배나 큰 보트로 스컬에 입문한다. 후에 털어놓길, 캐럴

---

* 좌우 양손에 한 개씩 노를 잡고 젓는 로잉의 한 방식.

라인은 내가 언제 뒤집히나 짓궂게 기다렸단다. 하지만 물가에 버티고 서서 큰 소리로 지시를 내릴 때의 그녀는 그저 활기찬 기운과 단호한 열의만을 뿜어냈다. 어쩌면 스톱워치로 찰나나마 내가 성공한 시간을 재고 있었을지도 모른다. 기댈 데라고는 노밖에 없던 나는 노를 움켜쥔 채 수면을 향해 점점 몸이 기울다가 아슬아슬하게 60도 각도에서 얼어붙어버렸다. 무슨 균형감각이 발동해서라기보다 몸이 마비되어 꼼짝할 수가 없었다. 선착장에서 톰이 배꼽을 잡으며 웃고 있었다. 내가 심하게 기울수록 그는 더 심하게 웃어댔다.

"빠질 것 같아!" 내가 소리쳤다.

"아니, 안 빠져." 캐럴라인은 시즌 성적이 저조한 팀의 코치처럼 진지한 얼굴로 대꾸했다. "빠지지 않아. 양손을 모아. 그대로 가만히 있어—물을 보지 말고 손을 봐. 자, 이제 나를 봐." 그녀의 목소리가 한참을 달래고 이끌어준 덕분에 나는 겨우 몸을 펴 다시 자세를 잡고 잔잔한 물에서 대여섯 차례 스트로크에 성공했고, 그런 다음 중심을 잃고 보트 밖으로 튕겨나가 호수에 빠졌다. 몇 초 뒤 10미터쯤 떨어진 곳에서 수면 위로 떠오르니 캐럴라인이 깔깔 웃고 있었다. 그 순간 나는 언뜻 그녀의 희열을 엿보았다.

우리 세 사람은 8월 한 달을 초코루아에서 지내기로 했다. 미리 톰이 여름철 셋집을 구하는 광고를 내두었다. '물가와 하이킹코스 인근에 작가 셋과 개들이 함께 지낼 집 구함.' 그렇게 해서 쓰러져가는 19세기 농가 한 채를 빌렸고, 우리는 여러 해 동안 그곳을 다시 찾았다. 완만하게 경사진 초원으로 둘러싸인 그 집은 우리가 원하는 것을 모두 갖추고 있었다. 오래된 퀼트이불과 물레가 놓인 휑하게 넓은 방들, 간이 조리대와 큼직한 석제 벽난로, 화이트마운틴이 바라다보이는 높은 창문까지. 호수는 몇백 미터쯤 떨어져 있었다. 매일 아침, 이따금 저녁에도 캐럴라인과 나는 현관 창으로 우리를 지켜보는 개들을 남겨두고 호수로 걸어갔다. 캐럴라인은 보트를 타고 호수 끝에서 끝까지 노를 저었고 나는 호수 가장자리를 따라 수영을 했다. 내가 수달이라면 캐럴라인은 잠자리였다. 나는 몇 번씩 수영을 멈추고 거의 10킬로미터를 오고가는 그녀의 비행을 지켜보았다. 때로는 캐럴라인도 습초지 쪽에 보트를 대고 내 플립턴을 유심히 살폈다. 친구로 지낸 지 두 해쯤 되던 그 무렵, 자매나 사춘기 소녀들에게 나타나는 경쟁심이 우리에게도 있었다—우리는 상대의 솜씨라면 무엇이든 부러워했다.

초코루아의 황금빛 색조와 그곳에서 보낸 평온한 나날은—물가 산책과 들꽃, 그리고 루바브 파이가 있었다—캐럴라인이 예상했던 것보다 훨씬 고상했다. 그도 그럴 것이 캐럴라인은 대부분의 휴가를 도심 밖으로 떠나도록 강요된 행군쯤으로 여겼다. 나도 그보다 아주 살짝 더 모험심이 있는 편이라, 개에 관한 걱정이나 20킬로그램에 육박하는 식료품 쇼핑 따위는 건너뛰고 낙하산을 타고 직행하는 여름휴가가 가능해지길 소원했다. 두 사람 다 혼자 살면서 글을 쓰는 작가인 캐럴라인과 나는 정해진 일과가 흐트러지는 걸 전반적으로 용납하지 않는 완고함을 공유했다. 매사추세츠 케임브리지 매일 산책하기, 둘이 함께 혹은 따로 하는 운동요법, 식사와 전화통화, 그리고 고독한 작업시간까지가 "우리의 소소한 생활"이라 일컫는 일과였다. 캐럴라인은 반쯤 나를 웃기려고 툭하면 "파리는 과대평가되었어"라고 우겼다. 한번은 캐럴라인의 책을 읽어본 내 친구와 만난 어느 날 저녁, 친구가 그녀에게 뉴욕에서 시간을 많이 보내느냐고 물었다. "무슨 소리예요." 그녀는 대답했다. "난 서머빌*까지도 좀처럼 안 가요." 익숙한 것의 신성함을 고수하는 우리는 오로지 스케줄에서 '휴가'를 지우기 위해, 그리고 즐거움과 골칫거리가 기다리는 평범한 일상으로 다시 돌아오기 위해 마지못해 도시를 벗어났다.

---

* 매사추세츠주에 속한 도시로, 보스턴 북서쪽에 인접해 있다.

초코루아에서 보낸 어느 여름, 나의 클레먼타인과 캐럴라인의 루실, 두 마리 개가 창가에 앉아 밖을 내다보는 뒷모습이 찍힌 사진이 한 장 있다. 나란히 놓인 두 꼬리, 꼼짝 않고 제자리를 지키는 두 견공의 모습에서 경계심과 충직함을 포착한 전형적인 반려견 사진이다. 그런데 여러 해가 지나도록 알아차리지 못한 것이 있다. 창 너머 멀리 들판으로 이어진 사진 속 중경의 아주 작은 형체—비탈길을 걸어내려가는 나와 캐럴라인의 실루엣이다. 아마 호수에 가는 길이었을 것이고, 우리 일과에 적응한 개들은 저희 자리를 지키고 앉아 있었을 것이다. 이 장면의 아름다움을 놓치지 않고 카메라를 집어든 사람은 사진작가인 캐럴라인의 남자친구 모렐리였다.

그녀가 세상을 떠난 이듬해에 사진 속에서 이 이미지를 발견한 나는 줄곧 이것이 어떤 그림에 감춰진 단서—사라진 뒤에야 비로소 드러나는 비밀의 정원—처럼 느껴졌다. 초코루아에 얽힌 모든 것에는 소박하고 서정적인 빛이 감돌았다. 나는 캐럴라인이 팔씨름에서 톰을 이길 뻔했던 그날 밤을, 쥐를 보고 식탁 위로 뛰어올라간 내 모습에 캐럴라인이 폭소를 터뜨리던 순간을, 우리가 제정한(그리고 항상 캐럴라인이 수상한) 최우수 캠퍼 상을 기억한다. 느린 카약을 탄 캐럴라인을 놔두고 혼자 안개 속으로 노를 저어 가버린 내게 그녀가 화를 내던 그날 일에 대해 나는 지금도 모기 때문이라고 둘러댄다. 기억이란 대부분 마지막 장면의 색조로 물들듯, 나의 기억에는 슬픔의 물리적인 무게가 따라다닌다. 애타게 보고 싶은 마음은 차라리 애도의 단순한 부분임을 아무도 말해주지 않는다.

첫 여름 뒤로 다섯 해 동안 우리 둘은 함께, 나란히 노를 저었다. 우리 두 사람 다 찰스강 가까이에 살고 있었다. 뉴턴 북쪽에서 케임브리지를 지나 보스턴항구까지 그레이터보스턴의 14킬로미터에 달하는 구간을 미로처럼 구불구불 흐르는 찰스강은 곳곳에 굽이가 있고 잔잔한 평수가 길게 이어져 로잉하는 사람들이 모여드는 성지였다. 나는 가녀린 몸으로 자기보다 무거운 상대를 간단히 제압하던 캐럴라인을 '작은 야수'라는 뜻의 브루티타Brutita라고 불렀다. 우리는 3킬로미터 남짓 떨어진 보트하우스 두 곳에서 따로 출발했는데, 캐럴라인의 스트로크는 100미터 밖에서도 알아볼 수 있었다—나는 엘리엇교橋나 하버드대학 옆 윅스인도교 근처에서 만반의 준비를 하고 기다리고 있다가 그녀에게 자세며 속도며 엄지의 위치에 관한 질문을 성가시게 퍼붓곤 했다. 나보다 몇 시간 먼저 보트를 탄 날이면 캐럴라인은 집에 도착하자마자 '서둘러 물이 잔잔해' 하는 식의 구두점도 없는 이메일을 보냈다. 4월부터 11월까지 우리는 따로 또 같이 수백 킬로미터씩 노를 저었다. 처음 두어 해 여름 동안 캐럴라인은 로잉 기술을 이야기하고 싶어하는 내 전화를 참을성 있게 받아주었다. 내가 열을 내며 "미는 힘이 말이야" 혹은 "사람 머리 무게가 거의 6킬로그램이라는 사실 알고 있었어?" 하고 말을 꺼내면 "그으으래애애애?" 하는 대답과 함께 이내 저편에서 가벼운 클릭클릭 소리가 들렸다—컴퓨터로 카드게임을 시작했음을 알리는 이 신호는 캐럴라인이 전화상으로 하는 하품이나 마찬가지였다. 하루의 마무리로 개들을 산책시키면서 우리는 햇볕에 태운 피부며 장식 달린 팔찌를 비교하는 십대 소녀들처럼 서로 손과 손가락에 박인 굳은살을 비교했다(그것은 성실한 로잉 연습이 남긴 영광의 상처였다). 그때도 이후로도 늘 캐럴라인의 로잉 실력이 나보다 우월했으므로 나는 번번이 그녀의 우쭐함을 받아주었고 대신 수영장에서 갚아주겠노라 다짐했다. 어느 해 크리스마스에는 1940년대 영국 옥스퍼드에서 두 여성이 함께 이인승 보트를 젓는 사진을 그녀에게 선물했다. 캐럴라인은 자기 침대 가까운 곳, '**열정이란 유익한 불이다**'라는 문구가 끼워진 액자 위에 이 사진을 걸어두었다.

지금 그 사진과 액자는 개들 사진과 나란히 내 침실에 걸려 있다. 캐럴라인은 2002년 6월 초에 마흔둘의 나이로 세상을 떠났다. 폐암 4기 진단을 받고 칠 주 만이었다. 병원에 입원한 처음 몇 주 동안 유언장을 작성하면서 그녀는 자신의 보트를, 내게 처음 로잉을 가르쳐준 보트이자 그녀가 오랜 세월 애마처럼 아끼던 정든 밴두센호를 나에게 주고 싶다고 말했다. 나는 그녀의 침상에 앉아 이야기를 듣고 있었다. 죽음을 앞두고 차차 닥칠 일을 내다보며 어떻게든 헤쳐나가려 안간힘을 쓰는 투병 초기의 이야기였다. 그래서 나는 보트를 받겠다고, 단 로잉의 전통에 따라 뱃머리에 그녀의 이름을 써넣겠다고 대답했다. 배의 이름은 캐럴라인 냅이 될 거라고. 무슨 소리, 라고 대꾸하는 그녀의 눈빛이 내게 처음 노 젓는 법을 가르쳐주던 날과 똑같이 반짝였다. 브루티타라고 해야지.

* * *

나무의 색마저 바꿔놓는 이 슬픔의 스펙트럼에 들어서기 전까지, 멋모르고 세월을 보낼 수 있는 우리의 배후에는 필시 무모하리만큼 맹목적이고 엇나간 가정이 자리하고 있다. 우리는 현재의 삶이 언제까지고 지속될 방법이 있으리라 생각한다—혹시 상실의 순간이 오더라도 길의 중간이 아니라 끄트머리쯤일 것이라고. 캐럴라인이 죽었을 때 나는 쉰한 살이었고, 인생에서 그 시점쯤이면 전도서의 구절을 외워 읊을 정도로 장례식에도 다닐 만큼 다녔을 나이다. 그런데 캐럴라인의 병을 알게 된 날—"환자의 고통을 덜어줄 수는 있습니다"라는 의사의 무서운 말을 들은 그날—4월의 화창한 생기가 감도는 거리를 걸으며 순진함에 타격을 입은 채 내가 크게 혼잣말을 한 것을 기억한다. "너한테는 이런 일이 없을 거라고 진심으로 믿었지, 안 그래?"

이 말은 곧 견딜 수 없는 상실의 잔인함을 나는 어떻게든 비켜갈 줄 알았다는 의미였다. 약물남용, 자살, 나이듦처럼 당사자의 의지로 혹은 자연의 순리로 비상구에 불이 들어온 죽음들을 마주한 적은 있었다. 이런 죽음에는 비극을 야기한 매개(우울증 약만 먹었어도, 코카인만 가까이하지 않았어도)나 서글픈 수용(잘살다 가셨지)이라는 공통의 화두가 있었다. 그러나 내가 사랑하는 사람—내 삶에 없어서는 안 되는 기둥—중 누구도 너무 이른 나이에, 살려는 의지가 충만한 채로 갑작스레 죽음을 맞은 사람은 없었다. 희망이 보이지 않는 검사 결과를 받고 머리카락이 빠지고 주변을 정리하라는 이야기를 들어야 했던 사람은 아무도 없었다. 더더구나 캐럴라인이라니, 안 될 말이었다. 가장 가까운 친구이자 동생, 수십 년 뒤 내가 늙고 쇠약해 음식을 못하게 되면 수프를 끓여다주겠다고 몇 년째 농담을 하던 그 사람이라니, 있을 수 없는 일이었다.

처음부터 우리 둘 사이에는 뭐라고 꼬집어 말할 수 없는, 좀 오묘하기까지 한 분위기가 있어서 모르는 사람들은 우리를 자매나 연인으로 오해하기도 했고 때로는 친구들이 우리 둘의 이름을 바꿔 부르기도 했다. 캐럴라인이 죽고 일 년 뒤, 우리가 자주 산책하던 프레시폰드저수지에서 우리 두 사람의 공통의 친구가 "캐럴라인!" 하고 나를 불렀다. 그러고는 자기 실수를 알아차리고 왈칵 눈물을 쏟았다. 우정의 깊이를 보여주는 것으로는 명백한 애착도 있었을 테지만, 겉으로 드러나거나 안에서 숨죽인 우리 둘의 닮은 점들도 분명히 있었을 것이다. 각자 살아온 이야기가 서로 상응하는 경로를 거쳐 차츰 접점을 향해 굽이굽이 나아갔다는 사실은 초반에 우리를 이어준 한 부분이었다. 캐럴라인을 만난 것은 마치 가상의 친구를 찾는 구인광고를 냈는데 상상한 것보다 더 재미있고 멋진 사람이 우리집 문 앞에 나타난 상황과 비슷했다. 따로 있을 때는 겁에 질린 술꾼이자 야심찬 작가이며 애견인이었던 우리는 서로를 만나 작은 공동체를 이루었다.

우리는 꿈이 많았다. 개중에는 엉뚱한 것들도 있었는데, 오래도록 시간의 호사를 누리기로 계획하는 사람들이 공유하는 일종의 암호 같은 꿈들이었다. 그중 하나가 매사추세츠 서부에 태팅*센터를 여는 것이었다. 우리가 나이를 먹으면 대형견이나 고집 센 개를 키우기 힘들 테니 센터에는 보더콜리와 코기를 들이자고 했다. 보더콜리가 코기의 훈련을 맡아줄 것이고, 코기는 우리가 애칭처럼 '핸드백 강아지'라고 부르는 온순한 녀석들이 될 거라고 자신했다. 태팅이라는 아이디어가 떠오른 것은 우리가 과연 바르게 살고 있는 것일까 끝없이 대화를 하던 중이었다—진지한 주제(글쓰기, 고독, 외로움)부터 일상적인 주제(빈둥대는 시간, 도시생활의 어리석음, 시시한 TV 프로그램)에 이르기까지 우리 사이에는 대화가 쉼 없이 이어졌다. "걱정할 거 없어." 하루는 캐럴라인이 자기가 〈로&오더〉** 재방송을 보느라 너무 많은 시간을 보내는 것 같으냐고 묻길래, 내가 대답했다. "생각해봐—만약 우리가 이백 년 전에 살았다면 TV를 보는 대신 휘스트***나 태팅을 하면서 그런 걱정을 했을걸." 꽤 오래 아무 대꾸가 없었다. 그러다 캐럴라인이 "그런데 태팅이 뭐지?"라며, 마치 이 구식 레이스 뜨기가 뭔가 대단히 중요한 일이라도 되듯 조심스럽게

* 레이스 공예의 일종.

** 1990년부터 2010년까지 방영된 법정드라마.

*** 카드게임의 일종.

물어보았고, 그렇게 이 단어도 우리의 비밀 어휘록에 등재됐다—'태팅'이란 우리의, 그리고 아마도 누구에게나 있을 소일거리를 뜻하는 암호였다.

이렇게 우리가 재활용한 언어의 표지들은 그녀가 죽어갈 때 고통의 격풍을 타고 내게 다시 날아들었다. 공통의 지인에게 태팅센터를 설명하려다가 문득 얼마나 바보 같은 이야기로 들리는지 깨닫고 목이 메던 일이 떠오른다. 아무도 태팅센터를 이해하지 못하는 게 당연했다. 친밀함의 암호들이 대부분 그렇듯 해독을 거부하는 말이었으므로. 이 말이 재미있었던 것은 우리 둘만의 것이라는 이유도 있었다.

우리가 로잉을 사랑한 여러 이유 중 하나는 그 신비에 가까운 아름다움이었다—물마루를 가르는 스트로크, 노의 고요한 흔들림까지. 그녀가 죽고 며칠 뒤 나는 꿈을 꾸었다. 우리 둘이 어두운 보트하우스에 함께 서 있는 꿈이었다. 쏟아지는 별자리들처럼 머리 위로 나란히 걸린 스컬보트들이 파랗게 쏘아내는 빛만이 어둠을 밝히고 있었다. 꿈에서도 그녀가 죽은 사람임을 알고 있던 나는 그녀에게 손을 뻗으며 말했다. "하지만 돌아올 거야, 그렇지?" 그녀는 미소를 지었지만 고개를 저었다. 그녀의 얼굴에 슬픔이 일렁였다.

2.

모든 것의 시작은 개들이었다.

1990년대 초에 캐럴라인 냅을 스치듯 만난 적이 있었다. 당시 그녀는 〈보스턴 피닉스〉의 칼럼니스트였고, 나는 〈보스턴 글로브〉의 서평란 편집자였다. 그녀의 칼럼집이 출간된 직후였고, 어느 문인들 모임에 참석했다가 그 자리가 견디기 힘들어질 즈음 누군가가 우리 둘을 소개했다. “캐럴라인의 새 책이 나왔어!” 모임을 주최한 이는 캐럴라인과 내가 서로에게 도움될 거리가 있다고 확신하는 투로 쾌활하게 말했다. 그 사람이 자리를 뜬 뒤 남은 우리 두 사람은 멋쩍은 웃음을 교환하고 눈알을 굴렸다. 나는 한눈에 캐럴라인의 그런 점이 마음에 들었다—자기홍보에 능한 사람이 아니군. 프렌치네일로 단장한 손에 들고 있던 화이트와인, 낭랑하고 수줍은 목소리까지 그녀는 조심스러운 태도를 매끄러운 갑옷처럼 온몸에 두르고 있었다. 우리는 서로 경의를 담아 공손하게 몇 마디 나누고 각자 피해갈 수 없는 사교의 순회를 위해 돌아섰다.

몇 년 뒤 케임브리지 프레시폰드저수지의 오리연못 근처에 서 있는 그녀를 다시 보았고, 그때는 둘 다 전에 비해 행색이 초라했다. 우리는 각자 강아지를 한 마리씩 기르고 있었는데, 둘을 알던 개 훈련사 캐시가 얼마 전 나에게 캐럴라인 이야기를 꺼낸 참이었다. "캐럴라인 냅 알아요?" 캐시가 말했다. "캐럴라인도 강아지를 키워요. 나는 두 사람 볼 때마다 서로가 떠오르는데—한번 만나보지 그래요."

애매하게 수긍하듯 얼버무리긴 했지만, 속으로는 나와 캐럴라인이 비슷하다는 말이 이해되지 않았다. 그 무렵 내 모양새와 견줘보면 기억 속 캐럴라인은 너무 맵시 있는 모습이었으니까. 나는 27킬로그램의 한 살배기 사모예드를 키우느라 동결건조 간을 주머니에 넣고 머리에 잡풀을 매단 채 돌아다니고 있었다. 대부분의 시간을 개 키우는 재미와 흥분에 빠져 지내느라 외모는 관심 밖이었다. 그런데 그해 늦여름 오후 연못에서 마주친 여성은 내가 기억하는 예전의 세련된 캐럴라인 냅과는 한참 거리가 멀었다. 수줍음만은 여전해서 혹시 나를 기억하지 못하는 건가 싶을 정도였다. 우아한 의복의 베일은 운동화에 대충 땋은 머리로 바뀌었고, 클레먼타인과 나이가 같은 셰퍼드 믹스견 루실의 주위를 맴돌고 있는 품이 나만큼이나 그녀도 오직 자기 개라는 주제 하나에 골몰하고 있는 듯했다.

수년 전 그날 밤 캐럴라인 손에 들려 있던 화이트와인이 그녀에게 마법의 지팡이인 동시에 비수였다는 사실은 나 역시 공개된 사정만이 아니라 개인적 연유로도 알고 있었다. 공개된 사정이란 회고록 『드링킹, 그 치명적 유혹』을 통해서 캐럴라인이 스스로 밝힌 이야기였다. 그때는 회고록이 출간된 해 여름이었고, 그사이 그녀는 토크쇼며 언론 기사에 여러 차례 등장해 이미 출판계의 이상형으로 떠오르고 있었다. 업계 사람들 말마따나 그녀는 "그림이 좋았다". 길게 땋은 금발, 고운 음색, 단정한 태도 이면에 깊은 우울이 엿보이는 조심스러움까지. 캐럴라인의 책이 누린 성공이야말로 대부분 작가가 원하는 종류의 성공이라고 흔히들 생각한다. 경험과 직관에 비추어 내가 보는 관점은 달랐다. 만약 작가들에게 공통된 기질이 하나 있다면, 그것은 소극적인 자기중심주의 성향일 것이다. 대중의 관심은 그들이 갈망하는 인정을 받기 위해 감내하는 스포트라이트일 뿐이다.

개인적인 공감은 비교적 감추어진 내 과거에 기인했다. 나도 십이 년 전인 1984년에 술을 끊었다. 그러나 알코올중독으로 세상에 자신을 알린 캐럴라인과 달리, 구식 인간인 나는 알코올을 극복하기 위한 나의 몸부림을 철저히 비밀에 부쳤다. 나는 AA* 모임의 '익명성'을 보호막이라 믿었고 여러 해 동안 그 보호막 아래 숨어 지냈다.

그날 연못에서 개들이 더 떠들썩하게 자기소개를 하는 사이 우리는 서로 어설픈 인사를 주고받았다. "캐럴라인, 나 기억해요?" 내가 이렇게 물으니 그녀는 웃으며 그렇다고 대답했다. "저런, 요즘 아주 정신없지요—괜찮아요?" 그녀는 내 그 말에 놀라는 듯했지만 이어 안도하는 표정을 지었다. 나중에 듣기로 그날 캐럴라인은 여기저기 걷다가 자신에게 쏠리는 이목에 반쯤 정신을 놓고 지쳐 있었는데, 나와 나눈 대화로 마음이 진정되었단다—나는 그녀의 책 판매부수보다 그녀의 개에게 더 관심을 보였으니까. 그 점은 캐럴라인도 마찬가지였다. 우리는 공원에서 만난 초보 엄마들처럼 우리가 키우고 있고 오직 우리 눈에만 매력덩어리인 두 녀석에 관해 생생하고 소소한 정보를 교환했다. 보스턴 북쪽에 있는 미들섹스펠스라는 800만 제곱미터 넓이의 울창한 자연보호구역에서 고집 센 내 썰매개와 목줄 없이 뛰는 훈련을 한다는 내 얘기를 듣더니, 캐럴라인은 거기까지 가는 방법을 물었다. 길

* Alcoholics Anonymous(익명의 알코올중독자들). 알코올중독 재발을 방지하기 위한 자조단체.

이 복잡해서 나는 설명을 하면서도 신경이 쓰였고, 예의상 한 질문에 너무 구구절절 대답하는 건 아닌가 싶기도 했다. 삼십 분 정도 떨어진 그곳은 다니는 차량도 드물고 찾기가 힘들어서 반려견 훈련에 열성인 나 같은 사람이나 성가심을 무릅쓰고 찾아나설 만한 곳이었기 때문이다.

일주일 뒤, 미들섹스펠스에서 양떼목장 너머로 누군가가 내 이름을 부르는 소리가 들렸다. 캐럴라인이 풀밭 가장자리에서 웃으며 손을 흔들고 있었다. 나는 깜짝 놀랐고, 그리고 기뻤다—미로 같은 내 설명을 정말로 기억하고 거기까지 찾아와주다니. 귀담아듣기야말로 캐럴라인이 잘하는 것 중 하나라는 사실은 나중에 차츰 알게 되었다. 며칠 뒤 캐럴라인은 산책을 제안하려고 내게 전화를 걸었고, 연결이 되지 않자 거듭 시도했다. 나는 텍사스 사람 특유의 붙임성이 있으면서도 내향적이라 호의가 있어도 행동에 옮기는 것은 서툴렀다. 오랜 친구 하나가 나를 사교적 은둔자라 칭하는 데에는 다 이유가 있었다. 나는 자연스러운 관계가 주는 따스함과 홀로 남겨지는 자유로움, 둘 다를 원했다. 그런 나의 내면에 캐럴라인이 다가와 공손히 문을 두드리고 기다렸다가 다시 문을 두드렸다. 그녀는 쉽게 포기하지 않았다. 다정하면서도 똑똑한 사람 같았다. 게다가 본인이 말하길—흐뭇하게도—사람과 개 사이의 정서적 유대에 관한 책을 쓰고 있다지 않은가. 이런 사람 때문이라면 수도사 같은 내 생활방식에 균열을 내더라도 괜찮을 것 같았다.

당시 쓰던 원고는 그로부터 두 해 뒤, 『개와 나』라는 책으로 출간되었다. 캐럴라인은 나에게 그레이스라는 이름을 주었고, 클레먼타인은 오클리라는 알래스칸맬러뮤트로 고쳐 등장시켰다. 양떼목장에서 마주친 지 몇 주 만에 우리는 사흘이 멀다 하고 함께 산책하는 일정을 짜고 있었다. 미들섹스펠스는 단골 행선지 가운데 하나가 되었다. 우리는 도심을 벗어나 숲에서 몇 시간씩 개들을 풀어놓았다. 미들섹스펠스 외에도 울창한 숲과 들판이 있는 아름다운 자연보호구역을 찾아 매사추세츠 동부를 두루 돌아다녔다. 그해 가을에는 해변을 산책했고, 겨울에는 간으로 만든 개들용 간식과 사람이 먹을 통밀크래커를 챙겨 산악 하이킹코스를 걸었다. 넷이 다 지쳐 말이 없어질 때까지 우리는 걷고 또 걸었다. 개들이 지그재그로 산길을 달려올라가는 동안 캐럴라인과 나는 이야기를 하며 걸음을 옮겼다—오랫동안 너무 많고 너무 깊은 대화가 이어지는 기나긴 오후 여정을 우리는 분석산책이라 불렀다.

"집까지 먼길로 돌아갈까?" 차에 오를 때면 캐럴라인이 말하곤 했다. 그럼 우리는 서둘러 헤어지지 않으려고 서머빌이나 메드퍼드의 혼잡한 길로 접어들었다. 긴 드라이브 끝에 클레먼타인이 뒷자리에서 가볍게 코를 골 즈음, 둘 중 어느 쪽이든 차에서 내려야 할 사람 집 앞에 앉아 계속 대화를 이어갔다. 그러다 각자 집으로 들어가서는 다시 전화기를 붙잡았다.

"연못이 얼면 어쩌지?" 어느 초겨울 저녁, 산책을 마치고 개들이 여전히 저희 재미에 앞뒤 가리지 않고 물속으로 돌진하고 있을 때 내가 말했다. "얼음이 얇은데 개들이 새를 쫓아가다가 빠지지 않을까 걱정이네—겨울마다 일어나는 일이잖아. 개가 얼음 위로 뛰어들어서 주인이 따라갔다가 개는 간신히 빠져나오고 사람만 물에 빠져 죽는. 우리 둘 다 개를 따라갈 게 뻔한데."

캐럴라인은 내 호들갑을 잠자코 듣다가—얼마나 골똘히 귀를 기울이는지 경청하는 소리가 들리는 듯했다—한숨을 내쉬고는 대답했다. "이제부터는 산책길에 밧줄과 도끼를 들고 다녀야겠다, 그치?" 그녀는 언제나 몇 마디 말로 나를 진정시키는 방법을 알았다.

모든 우정에는 저마다 그런 상황표시등이 있는 것 같다—혼자일 때보다 둘인 관계에서 더 강하거나 더 관대해지도록 만들어주는 견제와 균형 같은 것. 우리 두 사람은 각자 방식은 달랐지만 세상의 음량이 남들보다 한 단계 높게 들렸다. 이런 민감성이 득이 되었든 실이 되었든, 우리는 처음부터 서로의 그런 면을 알아보았던 것 같다. 처음 함께 시간을 보낸 그날 오후—장장 네 시간에 걸친 그 늦여름 숲속 산책에서—이미 내가 캐럴라인에게 감동받은 것을 기억한다. 그 반응은 단순한 호의나 동지애와는 사뭇 다른 것이었다. 그녀는 너무도 조용하고 조심스러우면서도 온전히 그 순간에 집중할 줄 알았다. 진지함이 나와 엇비슷하고 때로는 나를 능가하는 사람과 함께 있다는 것은 날아갈 듯한 해방감을 주었다. 그녀의 진정성을 속박하는 것은 머뭇거리는 태도였다. 아무리 책에서 많은 비밀을 드러냈다 해도 캐럴라인은 관계에 발을 들일 때 엄청나게 신중한 사람, 자신을 드러내길 극도로 꺼리는 사람이었다. 나는 살면서 나 자신을 포함해 충분히 많은 작가를 보아왔고, 그들을 통해 이런 사실을 확인할 수 있었다. 지면에 드러난 것은 결코 이야기의 전부가 아니며, 어디까지나 작가가 의도한 버전이라는 것—철저히 창작자의 통제하에 만들어진 내러티브일 뿐이라는 것.

우리의 산책 첫날, 나는 캐럴라인이 달리 가고 싶은 곳이 있나 하는 생각도 여러 번 들었다. 캐럴라인이 연신 시계를 흘끔거렸기 때문이었다—족히 대여섯 번은 되었을 거라고 본인도 내심 생각했단다. 나 때문이 아닌 이 사소한 습관에 나는 차츰 익숙해지는 법을 터득했다. 이것은 캐럴라인의 불안감을 드러내는 표지이며, 스케줄이 아무리 유동적이어도 흔들리지 않고 이 세상에서 자기 자리를 잡으려는 그녀만의 방식이었다. 그렇지만 그날 나는 이런 행동에 멋쩍어져 결국 어디 갈 곳이 있느냐고 묻고 말았다. 그녀는 몹시 창피해하며 사과를 했던 것 같다. 그러고서 우리는 어스름이 숲에서 우리를 밀어낼 때까지 함께 걸었다. 시간의 경과를 확인하는 습관은 어떻게 흐르는지 모를 시간의 자유낙하에 맞서는 캐럴라인 나름의 임시방편이었고, 그녀가 술을 끊은 뒤로는 더더욱 그랬다.

그날 캐럴라인이 여러 번 보여준 행동 중 당시에는 분명하게 설명하기 힘든 방식으로 자꾸만 내 마음을 움직인 것이 또하나 있었다. 나는 클레먼타인에게 뒤처지지 않겠다는 결심으로 개 산책에 열과 성을 다했다. 그러면서도 어릴 적 앓은 소아마비 탓에 약간 절룩거리며 불균형한 걸음걸이로 세상을 걸었다. 아무리 끈질긴 인내로 모자람을 벌충한들 땅 위에서 나의 몸은 스스로 인정하고 싶은 정도보다 더 취약했다. 우리가 산책에 나선 9월 말의 숲은 갓 떨어진 도토리들로 바닥이 덮여 있었고, 나는 도토리를 밟아 자꾸 미끄러지고 몇 번씩 넘어지기도 했다. 평생 이런 변변찮은 모습을 보이는 데 익숙했으므로 대수롭지 않게 내 입으로 소아마비 이야기를 꺼냈다. 다만 사람들의 어색한 반응 역시 익숙하다는 말은 하지 않았다. 소아마비를 앓아서 절룩거린다고 설명하면 사람들은 대개 과도한 걱정을 내비치거나 불편해했다. 그런데 캐럴라인은 어느 쪽도 아니었다. 그녀는 내 신체능력을 의심하는 기색이 전혀 없었다. 처음 비틀거린 뒤로 내 발이 미끄러질 때마다 그녀는 팔을 뻗어 나를 부축했고, 나도 그 팔을 붙잡는 것이 나뭇가지를 붙드는 것만큼이나 자연스러워졌다. 기질과 능력으로 보아 내가 느리게 걷는 사람이라면, 캐럴라인은 단거리달리기 선수였다—그만큼 동작이 빠르고 민첩했고 본인이 의도하든 아니든 급히 서두를 때가 많았다. 하지만 일단 내 평소 걸음을 확인하자 그녀는 내게 맞춰 자기 속도를 늦추고 내내 그렇게 걸었다.

두 사람 다 자매가 있다는 점을 제외하면 우리의 어린 시절은 별로 공통점이 없었다. 쌍둥이로 태어난 캐럴라인은 몇 분 일찍 세상에 나온 언니 베카와 평생 가까운 관계를 유지했다. 텍사스에 사는 친한 친구 중에도 쌍둥이가 있어서 나는 이런 모태 한 쌍들이 타고나는 유사한 특징을 캐럴라인한테서도 알아볼 수 있었다—친밀함을 뛰어넘어 보기에 따라서는 내밀하고 절대적인 관계를 맺는 능력이 그녀에게도 있었다. 나는 두 살 많은 언니가 있어 자라면서 이리저리 휘둘리는 일에도 또 보살핌을 받는 일에도 익숙했다. 나는 사대째 텍사스에서 농사꾼으로 치열하게 살아온 집안의 딸이었다. 황량한 텍사스 팬핸들 지방이 내 부모님이 정착한 곳이고, 아버지는

2차세계대전에 미육군 상사로 참전한 경험도 있었다. 반면 캐럴라인은 케임브리지의 지적인 환경에서 본인 말마따나 온실 속 화초처럼 자랐다. 내가 캐럴라인을 만나기 몇 해 전에 돌아가신 그녀의 아버지는 정신과의사이자 정신분석 전문가로 존경받는 인물이었다. 캐럴라인은 아버지를 깊이 사랑했고 아버지와 일체감이 강했다. 예닐곱 살 어린아이일 때 아버지가 노트패드와 펜을 들고 침대 발치에 앉아 무슨 꿈을 꾸었는지 그녀에게 물어보곤 했다는 이야기를 캐럴라인은 나와 친해질 무렵 꽤나 즐거워하며 들려주었다. 예술가였던 어머니는 내향적인 분이었고 남편이 세상을 떠난 지 일 년 뒤에 돌아가셨다. 그렇게 삼십대 초반에 양친을 모두 암으로 잃으면서 캐럴라인은 하늘이 무너지는 상실을 이중으로 겪었다. 일 년을 더 술에 취해 보내고 1994년, 그녀는 치료시설로 들어갔다.

나는 이런 사연을 대부분 그녀의 책을 통해 알았고, 일부는 그 길었던 첫 숲속 산책길에 들었다. 육 년 사귄 남자친구와 얼마 전 헤어졌다는 것도 그날 오후에 알게 되었다—이름 대신 '모렐리'라는 성으로 불린 마음 넓은 남자라 했다. 결별은 오래가지 않았고, 모렐리와 내가 친구가 되고 나서 캐럴라인과 나는 종종 그를 "미국에 남은 마지막 좋은 애인"이라 불렀다. 이 모든 이야기 조각—우정이 싹트던 시기 한 겹씩 펼쳐지던 내러티브—의 주인은 강건하고 진지한 한 여성이었고, 내게는 우박이 쏟아지는 귀갓길에 트랙터 운전대를 맡길 만한 그런 사람이었다. 그녀는 강인하고 태없이 겸손했다. 위기의 순간에 내가 여러 번 목격한 그녀의 굳건한 듬직함은 얼마쯤 연습으로 얻은 결과가 아닐까 생각한다. 거식증과 알코올중독을 극복하는 과정에서 이미 본인이 아는 최악의 두려움을 겪었으므로.

나는 나대로 혼잡한 기로를 막 빠져나온 참이었다. 사십대 초반, 언덕에서 바라보는 시야가 분명하고도 신랄해지는 나이였다. 상상했던 조망이 실제 행로로 실현되는 나이, 어린 시절 이후로 그 어느 때보다 더 현재를 사는 시기가 아닐까. 나는 마감할 원고만큼이나 아드레날린과 테스토스테론이 산재한 대도시 신문편집실에서 삼십대를 보냈다. 그리고 얼마 전 서평란 편집자를 그만두고 〈보스턴 글로브〉 서평가라는 본업으로 돌아갔다. 이런 이동과 최근의 기술변화 덕분에 재택근무를 하며 개와 시간을 보내는 생활이 가능해졌다. 클레먼타인은 내게 책읽기란 자기가 뼈를 씹는 행위와 같다는 걸 금세 파악했다. 하늘이 내 특유의 기질에 꼭 맞춤한 직업을 안겨줬다고 나는 오래전부터 생각해왔다. 공정한 신문기자가 되기에 나는 지나치게 주장이 강했고, 학자가 되기에는 지나치게 재미를 추구했다. 나는 몽상을 즐기고 고집이 세며 마음에 드는 몇 가지에 열광했다. 어려서나 어른이 되어서나 내가 생각하는 생산적인 하루는 오래오래 책을 읽고 창밖을 내다보는 시간이었다. 바로 이런 재능을 요구하는 직업을 찾았으니 기막힌 행운이었다. 클레멘타인이 곁에 있는 지금, 나는 책을 읽거나 글을 쓰고 인간과 개 사이에서 마음으로 통하는 단순한 언어로 이야기하며 온종일 침묵에 가까운 시간을 보내고 있었다.

캐럴라인과 처음 가까워진 몇 개월은 겨울 내음과 함께 되살아난다. 눈, 도시의 거리, 라디에이터 열기로 이뤄진 대서양 연안 특유의 차고 산뜻한 공기. 11월 그녀의 생일에는 털을 덧댄 엄지장갑을 선물했고, 몇 주 뒤 추수감사절에는 각자 다른 약속을 가까스로 물리치고 둘이서 개들과 한나절을 숲에서 보낸 뒤 집으로 돌아와 함께 로스트치킨을 만들었다. 날씨가 궂어지고 추워지면서 우리 일과도 그에 맞게 조정되었다. 캐럴라인은 얼어붙은 산길을 걷는 방법과 발로 땅을 파며 가파른 비탈을 비스듬히 내려오는 방법을 내게 가르쳐주었고, 나는 실내수영장에서 그녀에게 자유형을 가르쳐주었다. 구시렁대며 벌벌 떨고 서 있는 그녀에게 호흡조절을 익히게 하려고 물속에 얼굴을 담그도록 구슬리던 일이 떠오른다.

지금 생각해보면 캐럴라인은 항상 추위를 탔다. 이십대에 거식증을 앓았던 그녀는 줄곧 정상체중보다 마른 편에 속했고, 산책하러 갈 때면 플리스옷을 몇 겹씩 껴입고 나타났다. 우리는 기회가 닿을 때마다 숲이나 저수지를 찾았지만, 이따금 뉴잉글랜드의 해가 서둘러 져버리는 저녁에는 개들이 뛰놀 공터를 찾아 당시 우리집에서 가까웠던 하버드대학 운동장에 몰래 숨어들어갔다. 운동장과 등을 맞댄 공영주택단지 사이는 낡은 철조망이 높게 가로막고 있었고, 신성한 운동장에 발을 들여놓으려면 두 사람의 힘이 필요했다. 한 사람이 배수구 위쪽 헐거워진 철망을 들어올리면 다른 사람이 개들을 데리고 밑으로 기어들어가 안에서 철망을 잡아주는 식이었다. 쉽지도 않거니와 불법적인 무단침입이었는데—나야 텍사스에서 자라면서 늘 하던 짓이었지만—캐럴라인이 선뜻 동참해준 것은 고마운 일이었다. 그녀는 비범한 음주 전력이 있지만 기질적으로는 여전히 내가 흉내도 낼 수 없는 모범생이었으니까. 혹한의 어둠 속에 서 있으면 까만 밤하늘을 배경으로 클레먼타인의 흰 털과 야구장 조명에 개들의 몸에서 광채가 났다. 마치 차갑고 고요한 동굴에 들어가 있는 것 같았다. 우리는 서로의 얘기를 들으며 더이상 견딜 수 없을 때까지 자리를 지켰다—새로 산 어그부츠를 신고 덜덜 떨며 담배를 피우던 캐럴라인 옆에서 들이마신 금단의 연기는 내게 여전히 달았다(나는 사 년째 금연중이었다). 때로는 바닥에 털썩 주저앉아 얼기설기 낡은 울타리에 등을 기대고 있으면, 개들이 어둠 속을 뛰어다니다 사이사이 달려와 비스킷을 찾느라 우리 주머니를 뒤졌다. 상식이 있거나 개가 없는 사람들이라면 어디 따뜻한 식당에 앉아 있거나 여행을 갔을 거야, 그것도 아니면 그렇게 살아야 한다거나 최소한 원해야 한다고 다들 한 번씩 생각하는 삶을 살고 있겠지, 그런 말을 하며 우리는 깔깔 웃곤 했다. 그렇지만 내가 원하는 곳은 다른 어디도 아닌, 밤하늘 아래 딱딱한 땅바닥에 앉아 개들을 지켜보며 얘기하던 바로 그 자리였다.

우리의 오해 혹은 대립, 혹은 언뜻 사소해 보이지만 친밀함의 시험대이자 관문이 되는 이른바 감정이입의 문제가 처음 불거진 자리도 그 운동장이었다. 그해 겨울이 끝날 무렵, 우리가 서로를 좋아하고 그렇게 뚝딱 함께 세운 규칙적인 일상을 아낀다는 사실은 의심할 여지가 없었다. 다만 우리가 서로의 삶에서 얼마나 중요한 자리를 차지해가고 있는지는 제대로 인식하지 못했다. 며칠째 나는 작가로서 서로에 대한 존중이 걸린 일을 놓고 말없이 속앓이를 하고 있었다. 내게는 무척이나 근본적인 문제였던지라 지금도 당시의 언짢음을 떠올리기가 망설여진다. 주요 일간지의 평론가인 나는 나이와 작가로서 경험이 더 많았고, 캐럴라인은 회고록 발표로 세간의 주목을 받던 대안매체의 젊은 피였다. 만나기 몇 해 전부터 서로의 존재를 알고 있었기 때문에 우리 사이에도 작가들끼리 상대방의 성취를 인정하는 암묵적인 동의가 있었다. 물론 평범한 관계라면 이런 공통의 지향으로 충분했을 것이다. 캐럴라인은 내게 자기 회고록을 한 부 건네고 책이 마음에 드는지 여러 차례 물었다. 그런데 정작 자신은 내 글의 내용이나 완성도에 대한 견해를 직접 언급하는 법이 없었다.

이제 와서 생각하면 이것도 다른 견지에서 보인다. 아마 그녀는 나를 자아의 욕구나 요구에 크게 좌우되지 않을 힘있는 작가로 보았을 것이다. 하지만 그날 운동장에서는 이런 통찰이 부족했다. 내 긴 평론이 실린 〈보스턴 글로브〉가 막 발행된 뒤였고, 나는 녹초가 되어 있었다. 나란히 걷던 중에 캐럴라인이 그간 내가 얼마나 고생했는지 다 안다는 식의 말을 몇 마디 웅얼웅얼하고는 글의 내용에 대해서는 역시 아무 말이 없었다. 참다못해 내 입에서 이런 말이 튀어나왔다. "좀 어려운 질문을 해야겠어—내 글을 어떻게 생각하는지 듣고 싶어."

캐럴라인이 놀란 토끼 눈으로 나를 쳐다보았다. "오, 이런." 그녀가 말했다. "내가 우리 엄마처럼 돼버렸나봐. 내 느낌이 어떤지 알 거라고 짐작만 했지, 한 번도 말해주지는 않고." 그녀는 서둘러 나를 안심시키려고 애썼다. 그날 우리의 산책은 (여성들, 작가들, 여성작가들 사이에서) 경쟁과 시기와 자기의혹의 세계가 얼마나 깊은 늪인지에 대한 이야기로, 불안과 권력차에 대한 대화로 채워졌다. 그러면서 우리는 서로를 좋아하는 마음이 얼마나 크고 복잡한지 짧은 시간 안에 깨달았다. 그리고 나는 캐럴라인에 대한 중요한 사실, 장차 우리 우정의 버팀목이 돼줄 무언가를 처음으로 감지했다. 감정적인 문제에 직면할 때 캐럴라인은 사안의 경중과 상관없이 달아나기보다 오히려 문제에 다가가는 사람이었다. 해결이 될 때까지 자리를 떠나지 않았고, 감정의 여파로 아무런 비난이나 앙금을 남기지 않았다. 내게도 비슷한 문제해결 본능이 있었다. 침묵과 거리두기가 정면충돌보다 훨씬 더 해롭다는 것을 나 역시 잘 알고 있었다. 수년 동안 우리 사이에 해결하지 못한 부유물이 남지 않았던 것은 이런 공존 능력 덕분이었다.

나는 그날의 대화로 마음이 후련해진 한편 쉽게 상처입는 내 모습에 불안해졌다. 캐럴라인과 내가 새로운 영역으로 들어섰고, 우리 둘이 함께인 그곳에서는 모든 것에 의미가 있는 듯했다. "어떻게 하지." 말을 하며 나는 반쯤 웃었지만 눈시울은 뜨거웠다. "왜 그래?" 걱정스럽게 묻는 그녀에게 나는 대답했다. "나는 자기가 필요해."

3.

캐럴라인은 아마 이 관계가 더 필요한 쪽은 자기였다고 말할 지도 모른다. 당시 캐럴라인은 오랜 세월 애인이었고 후에 남편이 될 모렐리와 이 년간의 결별이 시작되는 시점이었고, 양친을 잃은 지도 얼마 되지 않았다. 거기다 아마도 이상화의 렌즈를 통해 그녀의 눈에는 내가 혼자서 삶을 구축한 유능한 여성으로 보였을 것이다. 더 복잡한 내막으로 들어가면, 나 역시 중대한 전환점에 서 있었다. 나는 쓸모없는 많은 것을 정리했고 술은 그 정리 목록에서 시작일 뿐이었다. "너는 고독을 택했다"고 어느 친구는 내게 말했다. "글쎄, 고독이 나를 택한 것 같은데." 나는 이렇게 대꾸했다. "그리스도의 신부처럼 부름을 받았지." 그때까지 나는 항상 혼자 있을 때 마음이 편한 사람이어서 때로는 친구들이나 애인의 불만을 사기도 했다. 연애로 꼽을 만한 가장 최근의 관계가 꼴사납게 끝난 것도 벌써 몇 해 전이었다. 지난 십 년간 절친했던 예술가이자 영화인인 한 친구는 얼마 전 케임브리지를 떠나 뉴욕으로 가버렸다. 내게는 남녀를 불문하고 긴 세월 다져온 우정이 적지 않았지만, 그즈음 가까이 사는 친구들은 친밀도가 한 단계 낮은 그룹이었다—버스에 치였다면 모를까 발목 정도 삔 일로는 굳이 연락하지 않는 사이 말이다.

"남자들이 여자들의 우정을 이해할까? 못하겠지?" 언젠가 미네소타에 사는 작가 친구 루이즈에게 내가 물었다. "당연히 못하지!" 루이즈는 대답했다. "그러니 절대로 말해주면 안 돼." 사실 십대에서 성년으로 넘어갈 무렵 당시 텍사스의 분위기 덕택에 나는 여자들의 용감무쌍한 우정을 받아먹으며 어른이 되었다. 내가 이십대 초반이던 1970년대 오스틴에서는 한창 활발하던 반전운동과의 밀접한 연관 속에서 페미니즘이 발흥하고 있었다. 낡은 규범서에서 여자는 대화 대신 쇼핑을 하고 수단과 방법을 가리지 않고 수컷을 놓고 경쟁하며 영업기밀이라도 되듯 각자의 두려움과 갈망을 서로에게 함구했지만, 거기서 내가 만난 여성들은 그 규범서를 불태워버렸다. 한동안 전원이 여성인 로큰롤밴드에서 활동하다가 모두 함께 구속되는 경험도 해보았다. 의과대학부터 마약중독까지 시대가 제시하는 온갖 시험을 거치는 동안 우리는 줄곧 서로를 의지했다. 1981년 작가가 되겠다는 목표로 오스틴을 떠나 뉴잉글랜드로 향할 때 내 안에 있던 용기는 일정 부분 이런 열정적인 연대에서 얻은 것이었다.

북동부 지역에 와서 내가 자연스럽게 이끌린 여성들 역시 나름대로 60년대와 70년대를 요란하게 보냈으나 이제 성인의 삶이 요구하는 것들 아래 열정의 불을 묻어두고 지냈다. 보스턴에서 맺은 친구관계는 전보다 거리감이 있었고 전처럼 깊어지지 못했다. 80년대 중반에 취직한 〈보스턴 글로브〉 편집실은 압도적으로 남성의 성역이었는데, 거기서 만난 여성들은 대부분 전쟁이나 정치 사안에 신경을 쏟느라—달콤한 승리의 대가 아닌가!—친교를 나눌 여유가 없었다. 나는 감정적 자산의 대부분을 작가가 되는 일에 쏟아부었고, 그것이 내 삶을 공고히 했으며 어쩌면 삶을 구하기까지 했을 것이다. 나의 독립심과 고독은 그 방증이었다.

서서히, 그러나 확고하게 깨달은 또 한 가지는 내가 아이를 원치 않는다는 사실이었다. 결혼과 모성을 기도와 미식축구만큼이나 맹신하는 보수적인 텍사스 팬핸들에서 자랐음에도 나는 일찌감치 그 싹을 엿보았던 것 같다. 대가족 출신이었던 우리 부모님은—아버지는 열 형제 중 아홉째, 어머니는 여섯 형제 중 첫째였다—북적거리며 자란 탓에 평온을 누릴 수 있는 단출한 가정을 꾸리고 싶어했다. 내 어머니 루비는 성장기 내내 어린 동생을 허리춤에 달고 다녔으니 대공황이 최고조에 이르렀을 때 열여덟 나이로 집이었던 농장을 떠날 즈음에는 필시 육아에 넌더리가 났을 터였다. 어머니는 아버지와 결혼하기 전까지 십 년 동안 열심히 돈을 벌었고 삼십대 후반까지 아이를 갖지 않았다—20세기 중반의 미국사회에서는 상당히 급진적인 태도였다. 어머니는 행복을 추구하는 어떠한 선택도 기꺼이 축하해주었다. 언니가 딸을 낳았을 때는 기쁨을 주체하지 못했고, 내가 텍사스를 떠나 동부에 정착해 작가가 되었을 때는 마치 내가 킬리만자로 등정이라도 해낸 듯한 반응이었다.

어머니가 상상한 내 삶의 대체경로가 무엇이었든 이 길을 4차선 고속도로로 확장해준 것은 페미니즘이었다. 감정 문제에서 선택을 할 때 모성이 깊이 결부되는 여성들을 나는 몇몇 알았다. 이들과 달리 나는 딱히 모성을 실현하고픈 꿈이 없었으므로 짝을 찾을 때 부담없이 사랑 하나만 놓고 생각했다. 결혼하지 않은 여성도 사회경제적 지위나 아이를 얻을 수 있다는 큰 물결에 몸을 싣고, 탁 트인 초원에 나를 속박 없이 자유롭게 풀어놓았다. 잘된 일이기도 했고 가끔은 그 반대이기도 했다. 나는 혼자서 홀가분하게 동부까지 오는 모험에 성공했고, 내가 알기로 불행한 결혼의 굴레나 타인의 월급으로 볼모가 될 일도 없을 터였다. 좋을 때는 자유롭고 강한 나 자신이 자랑스러웠다. 나쁠 때는 지독히도 외로웠다. 내 불굴의 금욕주의에 신물이 난 텍사스의 오랜 친구는 단 세 마디를 휘갈겨 엽서를 보냈다. "**눈높이 좀 낮춰**."

짜릿하거나 따분하거나, 싱글여성의 연애담은 산만한 이야기로 흐르기 십상이다. 다행히 나는 제자리걸음만 하지는 않았다. 이십대와 삼십대를 거치며 몇 번의 연애를 통해 극적인 드라마에서부터 크나큰 실패까지 두루 겪었지만, 모든 관계는 나의 자유분방한 선동가 시절과 맞물려 있었다—짧게 불타오르다 끝나든가, 전복적인 관계를 흉내내다 불만족스럽게 끝나든가, 괜찮은 상대인데 타이밍이 어긋나든가였다. 대부분의 연애는 호박색 알코올 기운에 휩싸여 있었고, 이 말은 곧 그 관계들이 술을 향한 내 애정을 이길 가능성은 희박했다는 뜻이기도 하다. 위스키가 끼어 있는 내 연애는 늘 삼각관계가 되고 말았다.

술을 멀리한 후로도 나는 한동안 감정에 휩싸여 잘못된 선택을 하는 경향이 있었다. 〈보스턴 글로브〉에서 일할 때 내 주변을 맴돌던 젊은 기자가 있었는데, 그의 구애를 번번이 웃어넘기던 어느 날 그가 해외지사로 발령을 받았다. 여섯 주 후면 그가 더운 나라로 떠나 몇 년간 주재하게 된다는 소식을 듣자마자 나는 그와 관계를 가졌다. 그다음은 800킬로미터나 떨어진 곳에 사는 어느 대도시 일간지 기자를 만났다. 그가 지독한 이혼의 전쟁신경증에 시달린다는 이야기를 듣고 나는 드디어 제짝을 찾았다고 생각했다.

상대가 부재중이거나 해외로 나가는 경우가 아닐 때는 피그말리온처럼 영영 헤어나지 못하는 올가미 같은 관계에 마음이 갔다. 그래서 자기 궤도 안으로 나를 끌어들이고 싶어하는, 자아도취에 빠진 노련한 멘토를 찾았다. 마지막으로 진지하게 만났던 열 살 위의 샘이라는 남자가 이 틀에 완벽하게 부합하는 인물이었고, 그 관계 덕에 어쩌면 이런 성향을 말끔히 털어버리게 됐을지 모른다. 그와 함께 보낸 두 해는 맑음과 흐림이 되풀이되는 짧은 영원 같았다. 마음 같아서는 어떻게든 있는 힘을 다 끌어모아 내 발로 그를 떠났다고 믿고 싶지만, 실상은 그가 다른 도시로 이주하면서 마침내 주문에서 풀려났다.

그와 헤어지던 날 밤, 혼잡한 공항에서 눈물을 줄줄 흘리며 작별인사를 하고 보스턴행 야간 버스에 몸을 실었다. 다음날 아침 눈을 떴을 때 나는 깊은 상심 대신 수개월 만에 처음으로 안도감을 느꼈다. 마치 악천후 속에 멀미나는 배에서 막 내린 사람처럼 안도감이 몸으로 전해졌다. 그날 저녁 초대받은 파티가 있어 벨벳셔츠에 카우보이부츠를 신고 얼굴에 차가운 물을 끼얹고 나섰다. 파티를 주최한 친구가 문가에서 나를 맞으며 걱정스레 눈살을 찌푸리길래 짧게 말해주었다. "그 사람과 헤어졌어."

"괜찮아?" 친구가 물었다.

"아니." 이제 비극은 없다는 미소를 지어 보이며 내가 말했다. "하지만 괜찮아질 거야."

나는 좋은 상담치료사를 찾아갔다. 부드러운 말씨에 마음이 넓고 특유의 빈정거림이 있는 그 사람이 처음부터 마음에 들었고 곧 그를 신뢰하게 되었다. 이 브루클린 출신의 유대인 치료사는 보들레르와 아가서를 곧잘 읊었고, 내 농담에 껄껄대며 웃었지만 내가 고통을 감추려 잘난 척 건방을 떨 때는 웃지 않았다. 한번은 내가 흐느끼며 나는 감정이 너무 격하고 도가 지나친 사람인 것 같다고 털어놓으니, 그는 이런 대답으로 내 울음을 그치게 했다. "만약 누군가 하늘에서 내려와 나더러 게일 당신에게서 지키고 싶은 오직 한 가지가 무엇인지 묻는다면, 나는 당신의 그 지나침을 꼽을 겁니다."

그렇게 내 인생에서 가장 멋진 인연 중 하나가 시작되어 빛을 찾아가는 나의 여정에 항로를 그려주고 때로는 앞에서 이끌어주었다. 마흔이 되고 이틀 뒤 나는 담배를—이십 년간 하루 한 갑씩 피우던 습관을—끊었다. 내 삶은 엄격하지만 견고해 보였다. 프로이트가 잘 통합된 정신의 소유자에게 일과 사랑을 약속했다면, 나는 둘 다 현대적인 방식으로 성취하고 싶었다. 일은 나를 지탱해주었고, 사랑은 시련과 위로를 동시에 안기는 연애 대신 든든한 친구들에게서 얻었다. 밤이면 뼈가 좀 시큰거리긴 해도, 긴 여정의 현재 위치에서 바위에 올라 내려다보는 풍경은 꽤 근사했다.

* * *

그러던 즈음 1995년 봄, 클레먼타인이라는 이름의 개를 만났다—나의 금욕적인 세계가 흔들릴 만큼 겸허한 마음을 안겨준 경험이었다. 나는 아주 오래전부터 사모예드를 키우고 싶었지만—심지어 아잇적에 가지고 있던 낡은 사모예드 훈련 안내서도 찾아냈다—썰매를 끄는 대형견을 도시에서 키우는 것은 옳지 않다고 생각했었다. 온종일 내가 신문사에 가 있는 동안 개를 혼자 두기도 싫었다. 재택근무를 시작할 무렵 우리 아래층에 사는 젊은 의사와 변호사 커플이 태어난 지 팔 주 된 래브라도레트리버 새끼를 데려왔다. 낮 동안 내가 강아지를 들여다보마고 자진해서 약속을 했고, 얼마 안 가 매일 아침 녀석을 위층으로 데리고 올라오는 것이 일과가 돼버렸다. 내가 책을 읽는 동안 녀석은 내 무릎에서 잠들었다. 이 타협안이 서로에게 주는 보상이 상당했던지라 썰매개에 대한 나의 오랜 환상이 다시 고개를 내밀었다. 우리집의 늙은 페르시아고양이도 제 영역에 들어온 래브라도를 참고 받아주는 걸 보니 다른 강아지를 한 마리 더 들여도 되겠다는 확신이 들었다. 그리하여 뉴잉글랜드 전역에 걸친 사모예드 탐색원정이 시작되었다. 개 훈련사들에게 문의해서 사모예드를 도시에서 키워도 괜찮다는 확답을 받았다. 나는 구조견 보호단체와 브리더 중개업체를 찾아나섰고, 이들은 내가 개를 입양할 자격이 충분한지 판단하기 위해 심문에 가까운 질문을 퍼부었다. 길거리에서 산책중인 사모예드가 눈에 띄면 그때마다 나도 주인을 붙잡고 귀찮게 이것저것 캐물었다. 전국 품평회에서 우승한 최우수 품종견들의 브리더를 만나기 위해 160킬로미터를 운전해 찾아갔지만, 사육장이 개들로 바글거리는 것이 한눈에도 돈벌이에 치중한 곳이어서 심란한 마음으로 도망쳐나왔다. 그다음으로 간 곳은 코네티컷이었다. 전보다 더한 질문공세가 기다리고 있었지만, 내 무릎을 두고 자리다툼을 벌이는 사모예드 성견 다섯 마리 덕분에 이번 방문은 즐거웠다. 운이 따라주지 않거나 예상보다 새끼 수가 적어 몇 번을 포기한 끝에 마침내 뉴욕주 북부에 오 주 된 새끼 일곱 마리를 데리고 있는 여성을 찾아냈다. 주인 말로는, 이 집 강아지를 분양받으려고 일 년째 기다린 대기자들이 있는데 마침 그날 아침 내가 전화하기 두 시간 전에 한 사람이 포기했다는 거였다. 이게 운명이었는지 상술이었는지는 지금까지도 모르겠다. 여하튼 이틀 뒤, 텅텅 비다시피 한 홀리데이인호텔에 방을 예약해두고 뉴욕주 킹스턴까지 장장 320킬로미터를 차를 몰았다. 내 심장은 진즉에 대기권을 이탈한 상태였다.

이 방문의 목적은 단지 강아지들을 만나보는 것, 브리더에게 나를 만나볼—그래서 내가 자기 개와 짝이 될 자격이 있는지 알아볼—기회를 주는 것이었다. 순수혈통 반려견 세계의 복잡한 여정을 경험해본 사람이라면 이것이 이름난 브리더들의 통상적인 방침이려니 하겠지만, 초보로서는 여간 떨리고 긴장되는 일이 아니다. 클레먼타인을 얻는 과정에 비하면 일자리를 구하고 주택융자를 받기가 오히려 수월했다. 브리더는 입양 후보자에게 강아지 두 마리를 고르게 한 뒤 본인 생각에 가장 적합한 강아지와 짝을 지어주었다. 내가 고른 강아지는 나를 보자마자 바람처럼 돌진해 무릎에 올라온 팔팔한 말썽꾸러기 암컷 한 마리와 내내 나른하게 졸고 있던 몸집 큰 암컷 한 마리였다. 내게 말썽꾸러기 녀석을 보내주겠다는 브리더의 전화를 받고 깔깔 웃음이 나왔다.

이 주일 뒤, 나는 당일치기로 킹스턴에 다녀왔다. 돌아올 때는 친구가 운전하는 사브 승용차 뒷좌석에 클레먼타인과 함께 앉았다. 당시 몸무게가 5킬로그램이던 클레먼타인은 일 년 만에 다섯 배 크기로 자란다고 했다. 녀석을 집에 데려오고부터 새로운 동물 식구와 함께 어김없이 찾아오는 광란의 적응기가 시작됐다. 흡사 새끼 늑대 한 마리를 집에 풀어놓은 것 같았다. 녀석은 고집 세고 겁도 없고 지칠 줄을 몰랐다. 무게가 55킬로그램이나 되는 아이리시울프하운드가 집에 놀러왔을 때도 녀석은 그 개 아래쪽에 버티고 서서 무려 열 배에 이르는 체중 차이에도 기죽지 않고 사납게 짖어댔다. 녀석의 입성으로 첫날 스물네 시간을 뜬눈으로 새운 뒤, 뒷베란다에 앉은 내 무릎 위에서 녀석이 널브러져 잠이 들자—속눈썹이 하얗네! 하는 생각이 들면서—눈물이 뺨을 타고 흘러내리기 시작했다. 평생을 동물과 함께 살았지만, 이렇게 분명한 사랑에 마음을 빼앗기기는 처음이었다.

나는 이 애착을 있는 그대로 이해했다. 그것은 제 목숨을 내게 의지하는 존재에 대한 본능적이고 깊은, 어쩌면 모성을 닮은 감정이었다. 인간과 동물의 인연을 존중하는 마음이 생긴 것도 당연했다. 항상 아버지 주위로는 개들이 모여들었고, 나도 어릴 때부터 동물들과 함께 자랐으니까. 텍사스에 사는 언니는 에어데일 한 마리와 보더콜리 한 마리를 키우고 있었다. 그러니 다른 생물종 사이의 애착이 내게는 생소하지 않았다. 우리 모두는 일차적 관계를 필요로 하며, 클레멘타인에 대한 애착이 그때 나에게—싱글여성, 아이는 원치 않음, 개를 좋아함—생겨난 것은 이 필요에 대한 하늘의 응답이었다. 이 신비롭고 영리한 동물을 나는 다른 무엇의 대신이 아니라 하나의 축복으로 내 인생에 맞아들였다.

내 생활은 더없이 흡족하고 소박하게 변했다. 저녁에 친구들과 외식을 하는 대신 동네 공원의 반려견 모임에 합류해, 개 없는 세상에선 삶의 경로가 교차하지 않았을 사람들과 어울리게 됐다. 고질적인 올빼미족인 내가 클레멘타인의 배변 시간표를 지키느라 새벽 여섯시에 일어나기 시작했고, 책장과 오래된 페르시아러그로 정돈된 공간이었던 아파트는 이제 누르면 소리나는 장난감이며 원숭이인형으로 어수선했다. 계획중이던 해외여행은 보류하고 대신 웰플리트연못 근처에 집을 한 채 빌려 클레멘타인에게 헤엄을 가르쳤다. 15킬로미터 밖에서도 가축사육장 냄새를 맡을 수 있는 팬핸들 지방에서 성장기를 보낸 나는 도회적인 북동부로 옮겨온 뒤 줄곧 그곳의 투박한 생활이 그리웠다. 청바지에 장화를 신고 무릎에는 흙이 묻은 작업복 차림으로 돌아가니 마치 오래 잊고 있던 피난처로 돌아온 기분이었다.

새 친구들—애견인 지하조직 일당—은 공포로 인한 개의 공격행동이나 사회화 기술 같은 주제로 몇 시간이고 즐겁게 수다를 떨 수 있는 사람들이었다. 혹시 개를 안 키우는 친구들 눈에 우리가 이상하거나 따분하게 보였다면, 우리는 우리에게 있는 것을 갖지 못한 그들을 불쌍히 여겼다. 이제 긴긴 여름밤이 오면 밖으로 나가 풀밭에 누워 야구를 보거나 동네를 산책하며 시간을 보냈다. 내 삶의 우선순위가 바뀌었고, 그로 인해 남들의 원망을 사는 경우도 왕왕 있었다. 뉴턴에서 열린 어느 고상한 파티에서 주최자들을 언짢게 만든 것도 다른 손님들은 외면하고 뒤뜰에서 주인집 골든레트리버와 놀다가 벌어진 일이었다. 나는 복종훈련 수업에 등록을 하고 두 번째, 세번째 재등록을 해가며 일주일 내내 그 시간을 손꼽아 기다렸다. 독립심 강한 썰매개 훈련에 필수적인 명확한 의사소통을 배우는 재미에 푹 빠진 것이다. 윽박지르는 방식은 금세 효과가 바닥을 드러냈고, 여러 의미가 뒤섞인 신호나 반어법, 우유부단한 태도 역시 통하지 않았다. 개들이 갈망하고 반응하는 것은 직접적인 지시와 인정과 칭찬, 다시 말해 곧장 날아와 꽂히는 마음의 언어였다. 매일 여러 시간 동안 복잡하고 아름다운 말들을 통해 사고하는 작가에게 이렇게 다른 종의 생물과 맺는 유대는 편안한 해방구가 되었다.

그러니 만난 지 얼마 되지 않아 캐럴라인이 자기는 개와 연애중이라고 얘기했을 때도 다른 설명은 필요치 않았다. 내가 클레먼타인의 훈련에 몰두해 있는 동안 캐럴라인도 루실로 인해 삶이 뒤집히고 있었고, 이 경험을 담은 책이 당시 갓 출판계약을 한 『개와 나』다. 캐럴라인 역시 마치 NASA 임무를 수행하는 사람처럼 반려견 훈련에 진지하게 임했다. 나는 해병대 출신 훈련사에게 두 차례 복종훈련을 받기 위해 케임브리지의 콩코드훈련장까지 찾아갔다. 클레먼타인이 망나니 수컷이라고 확신한 이 훈련사는 클레먼타인이 말을 듣지 않을 때마다 군대에서 그러듯 나에게 고함을 질러댔다. "나쁜 녀석이라고 말합니다!" 캐럴라인은 저먼셰퍼드 훈련의 대가이자 독창적인 훈련서의 저자로 유명한 뉴욕주 뉴스킷수도원의 수도사들에게 심취한 나머지 수도원 전화번호를 알아내 루실을 데리고 방문하게 해달라고 애원했을 정도다. 우리는 개에 관한 우리의 지식에 내심 오만해져서 개들을 대할 때 실수하는 사람들을 보면—예컨대 "기다려"라고 해야 할 때 "안 돼"라고 한다든지, "이리 와" 지시어를 너무 막연하게 쓴다든지 하는 경우—서로 눈짓을 주고받았다. 하지만 이런 우월감은 우리 사이의 비밀이었고 서로에게만 뽐냈다. 프레시폰드에서 걸음이 느릿하고 털이 보드라운 예쁜 개를 보던 날 우리 대결의 승자는 캐럴라인이었다. 그녀는 큰 소리로 개 주인에게 물었다. "노바스코샤 덕톨링 레트리버 맞아요?"

서로 친해진 지 두어 달쯤 됐을 때 개에 대한 각자의 헌신을 시험해볼 기회가 찾아왔다. 버몬트의 반려견 캠프에서 10월 중 일주일간 열리는 프로그램에 우연히 둘 다 등록을 해둔 것이다. 널따란 풀밭 위에 세워진 캠프 막사에 애견인들이 떼로 모여들었다. 그곳에서 개와 사람이 함께 훈련하며 장애물 통과 연습과 단체급식, 집단놀이를 집중체험할 예정이었다. 1990년대 중반만 해도 이런 캠프가 이례적이라 캐럴라인은 조사 차원에서 이곳을 물색했고, 나는 그저 재미삼아 참가했다. 말하자면 거기는 일반사회의 금기와 억압에서 벗어나 자연상태를 즐기는 애견인들의 나체촌이었다. 개에게 우스꽝스런 옷을 입히든 아프간하운드를 데리고 장애물 통과 연습을 하든 거기서는 아무도, 적어도 대놓고는 비웃을 사람이 없었다.

이성적인 관점에서 보자면 캠프는 그야말로 아수라장이었다. 대략 팔십 명의 사람들이 각자 개를 데리고 가을 프로그램에 참가했고, 카니발 같은 그곳 분위기가 아마 개들한테는 사람들한테만큼 편하지 않았을 것이다. 프리스비 경기에서 보더콜리들은 맹렬한 집중력으로 눈을 번뜩이며 경기장을 내달렸다. 웰시코기들은 군인처럼 결연하게 언덕을 행군했다. 내 개가 시속 60킬로미터는 될 듯한 속도로 미끼 경주로를 달리는 모습도 보았다. CBS 아침방송에서 취재를 하고 있었으니 그날은 클레먼타인이 방송을 타고 세상에 얼굴을 알린 날이었다. 저녁이면 캐럴라인과 나는 카페테리아 음식을 간신히 목으로 넘기고는 예정된 강연이 시작되기 전에 몰래 부지 밖 숙소로 빠져나와 그날의 황당한 사건사고를 곱씹으며 수다를 떨었다. 일주일을 거의 채웠을 무렵 버몬트의 완만한 구릉지대를 걷는 단체하이킹에 참가했을 때였다. 문득 뒤를 돌아보니 기운이 넘쳐나는 약 스무 마리의 개들이 언덕 위로 돌진하고 있는데, 절반쯤은 자동리드줄을 맸고 주인들은 속도를 늦춰보려 쩔쩔매고 있었다. 다들 흥분해서 날뛰는 디즈니 영화의 한 장면 같았다. 캐럴라인과 나는 슬그머니 대열을 벗어나 등산철도가 깔린 한적한 길에 개들을 풀어주었다. 오르막에서 사슴을 발견한 클레먼타인이 맹렬히 사슴 뒤를 쫓았다. 그런데 멀리 떨어진 개를 부르는 신호로 내가 휘파람을 불자 클레먼타인이 추격을 멈추는 깜짝 기쁨을 선사하는 게 아닌가—클레먼타인은 나를 한 번 돌아보고 사슴 쪽을 한 번 쳐다보더니 내가 있는 쪽으로 쏜살같이 달려왔다. 이 일로 나 혼자서도 잘하고 있다는 확신이 충분해졌다. 그만하면 캠프 일정도 어지간히 소화한 뒤였다. 나는 마지막날 행사에 꽁무니를 빼고 근처 조식 제공 호텔에서 일박할 기회도 반납한 채 보스턴으로 돌아왔다. 캐럴라인이야 언제나 우등생이니 당황하긴 했지만, 내 반항에 마음이 동해서 자신도 발을 뺄 때라고 판단을 내렸다. 물론 그녀는 공손하게 스태프를 찾아가 (그러거나 말거나 관심도 없었을 텐데) 떠난다는 말을 남기고 왔다.

우리 사이의 이런 역학관계를 우리는 소중히 여기게 됐다. 캐럴라인은 모범생으로 나는 반항아로, 우리는 서로에게 배워가며 각자의 지평을 넓혀갔다. 조물주 대신 프로이트와 예술을 숭배한 개방적인 지식인의 딸로 자란 캐럴라인은 자기에게는 반항할 거리가 별로 없었다고 투덜거리곤 했다. 바이블벨트*에서 자란 나는 반란의 이유를 들자면 차고도 넘쳤다. 우리 어머니는 주일에 카드게임도 삼갈 정도로 엄격한 침례교 교육을 받으며 자란 분이고, 우리 아버지는 닉슨을 지지하는 민주당원이면서 십대 딸들을 보호하려고 엽총을 들고 교외 거리를 순찰한 분이다—총알 없이 비어 있는 총이어도 특히나 사춘기 소년들을 상대할 때는 효과가 있었다. 캐럴라인은 이런 이야기를 무척 재미있어했다. 만약 캐럴라인의 아버지가 딸들을 노리는 그런 경쟁자들을 만났다면 아마 총 대신 로르샤흐테스트**를 무기로 휘두르셨겠지.

그해 가을 미들섹스펠스의 양떼목장 근처 하이킹코스를

* 기독교 성향이 강한 미국 남부 지역.

** 좌우 대칭의 불규칙한 잉크 무늬로 인격을 진단하는 검사법.

걷고 있을 때였다. 화창한 일요일 오후였고, 수십 명 정도의 사람들이 저수지 근처 출입금지 표지를 넘어 제한구역에서 경치를 즐기고 있었다. 그런데 마을 경찰관이 나타나더니 유아차를 끄는 가족들이나 혼자 걷는 사람들은 그대로 두고 개를 동반한 사람들만 불러모았다. 경찰관은 우리를 무슨 범죄자들처럼 한 줄로 세우고 무단침입 딱지를 떼기 시작했다. 나는 상황이 상황이니만큼 당연히 가짜 이름을 댈 작정이었다. 그런데 내 앞에 서 있던 캐럴라인이 착실히 자기 이름과 주소지를 대는 게 아닌가. 한숨이 나왔지만 그녀와 운명을 같이하기로 했다.

몇 주 뒤 이웃 동네 스토넘 지방법원에 출두하라는 명령이 떨어졌다. (캐럴라인은 출두 전 아침에 전화를 걸어 물었다. "스토넘이 대체 어디 있는 거야?") 법정에서 우리—열아홉 명의 범법자—모두 우리가 저지른 위법행위에 대해 터무니없이 엄중한 훈계를 듣고 육 개월 집행유예를 선고받았다. 나는 판사에게 발언권을 요청하고 일어나 개를 동반한 사람들만 소환한 것은 차별대우라고 항의했다. 판사는 내 이의신청을 성의 없이 기록했다. 캐럴라인은 내 옆에 있는 것이 난처한 기색이었다. 우리의 친구 톰은 캐럴라인이 체포되었다는 사실에 유독 재미있어하며 '**양떼목장 19인을 석방하라**'라는 문구와 함께 루실이 감옥에 갇힌 그림을 티셔츠에 실크스크린으로 찍어 그녀에게 선물했다.

우리 둘에게 만나볼 것을 처음 권했던 캐시의 제안에는 일종의 직감이 깔려 있었다. 캐시는 개와 인간의 갖가지 행동신호를 관찰하는 것이 일상인 사람이고 직관이 뛰어났다. 그녀도 저먼셰퍼드 두 마리를 키웠는데, 작은 체구에 평소에는 말투가 부드럽지만 개가 말을 안 듣거나 대장 노릇을 하려 들면 침착한 태도와 단호한 음성으로 단번에 멈추게 할 줄 알았다. 사람을 볼 때도 통찰력이 있어 캐럴라인과 내가 친구가 되기 전에 일찌감치 우리 둘에게서 무언가를 알아봤다. 만난 지 몇 달쯤 지난 어느 날 캐시네 뒤뜰에서 공동훈련을 받다가 내가 손을 뻗어 캐럴라인의 옷깃을 만지작거리며 말했다.
"어쩜, 나도 똑같은 조끼 있는데!"

"당연히 있겠지." 캐럴라인이 대수롭지 않게 대꾸했다. "왜 아니겠어? 우리는 삶이 똑같잖아."

우리 둘 사이에 명백히 보이는 닮은 점들보다 더 깊숙이 놓인 공통점은 술에 얽힌 과거였다—중독의 본질인 가슴속 그 빈방. 캐럴라인과 나는 단시간에 서로에게 모든 것을 털어놓는 사이가 됐지만, 가장 큰 이 공통점만은 처음 몇 달이 지나도록 나 혼자서만 알고 있었다. 친구가 되기 전 여름, 나는 클레먼타인과 일주일 동안 머물던 케이프코드 트루로의 비에 젖은 오두막에서 이미 캐럴라인의 회고록 『드링킹』을 읽었다. 낮 동안은 연못에서 수영을 하고 땅거미가 질 때까지 방충망을 친 베란다에서 책을 읽었다. 잠든 클레먼타인 옆에 앉아 바깥의 어스름이 칠흑처럼 깜깜해질 때까지 책을 읽던 일을 아직도 기억한다. 당시는 자신의 중독을 고백하는 유명인사의 회고록이 잇달아 출간되던 시즌 첫 라운드로, 피트 해밀을 비롯한 몇몇이 『화산 아래서』*의 터프가이 버전을 새롭게 발표한 참이었다. 허나 그때까지도 술에 얽힌 이야기는 대부분 남성의 전유물이었다. 나는 그날 밤 트루로에서 캐럴라인의 책을 단숨에 끝까지 읽었다. 그것이 감춰진 것을 드러내는 비통하고 정직한 이야기임을 나는 알았다. 그리고 십이 년 전 마지막 남은 잭다니엘 한 병을 개수대에 쏟아버린 사람으로서, 나는 그 이야기가 진실이라는 것도 알았다.

* 1947년 발표된 영국 작가 맬컴 라우리의 반자전적 소설.

4.

음주가 만병통치약인 동시에 문제의 원인이기도 하다는 사실은 내가 동부로 이사한 1981년 무렵 이미 드러났지만, 두 가지가 떼려야 뗄 수 없는 관계라는 건 아직 깨닫지 못했다. 나는 텍사스 신교도 버번 애호가들의 후손이고, 우리 집안에서는 위스키를 향한 애정이 일상의 한 부분이었다. 내가 아는 한 예외적인 단 한 사람이 외할아버지였다. 다정한 파란 눈의 외할아버지는 교회 성가대에서 아카펠라를 부르는 농부였고 배짱 좋은 외할머니가 하자는 대로 기꺼이 따르는 남편이었다. 두 분이 돌아가시고 몇 년이 지났을 때, 나는 내가 늘 화목한 결합이라고 여겼던 관계를 확인하는 차원에서 어머니에게 물었다.

"할머니랑 할아버지는 행복했겠지?" 내가 물었다.

"암, 그랬지." 어머니가 대답했다. "할아버지가 술을 끊은 뒤로는."

어안이 벙벙했다. 내가 기억하기로 외할아버지는 술을 입에 대지조차 않았으니까. 그날 어머니는 내가 네 살 무렵 어느 여름날의 일화를 들려주었다. 우리 가족이 텍사스주 브레킨리지 근처의 외조부모님 농장을 방문했을 때였다고 한다. 할아버지가 시내에 볼일을 보러 갔다가 집에 오는 길에 나와 언니를 데리고 술집에 들렀고, 그 바람에 아버지가 노발대발한 일이 있었다. 어머니 말로는 할아버지의 폭음이 자주 있는 일은 아니어도 아주 유명했단다. 야만인처럼 보름이 넘도록 쉬지 않고 마시다가 어느 날 다시 교회에 모습을 드러내고 또 몇 달 동안은 멀쩡히 지내는 식이었다. 이런 술버릇을 가진 사람과 여섯 자녀를 키우던 외할머니는 마침내 할아버지와 헤어지겠다고 으름장을 놓았다. 할아버지는 바로 술을 끊었고, 당시 너무 어렸던 나는 할아버지를 술은 입에도 대지 않는 사람으로만 기억했다.

가계도의 나머지 구성원들은 뿌리까지 알코올에 절어 있었는데, 그들과 얽힌 기억은 외할아버지 경우와 달리 그렇게 불투명하지 않았다. 추수감사절 저녁식사 자리에서 으깬 감자에 코를 박고 곯아떨어진 고모도 있었고, 또다른 고모는 쿠

어스 맥주를 끔찍이도 사랑해서 덕분에 그 술의 사향냄새와 차가운 캔의 감촉이 아직도 생생하게 떠오른다. 남자들은 여느 텍사스 남자들과 비슷하게 마셨던 것 같고, 그 말인즉 더 이상 손을 쓸 수 없을 때까지 술을 놓지 않는 술고래들이었다는 뜻이다—폭음 때문에 가정불화는 물론이고 파산이나 자살 등 우울한 운명에 처하는 일이 흔했다. 우리 부모님은 사교적인 범위 안에서 적당히 술을 즐기는 분들이라 이런 참담한 최후는 피할 수 있었다. 칵테일과 교외생활이 주를 이루던 전후 텍사스에서 두 분의 음주는 비극도 희극도 아닌 일상이었다.

나는 열서너 살 무렵 밤샘 파자마파티에서 처음 시험삼아 술을 마셔봤는데, 그때 이미 집안의 망나니들과 어깨를 나란히 하리라는 걸 분명히 알 수 있었다. 우리를 초대한 어린 주최자가 다이어트콜라에 스카치를 독하게 타서 돌렸고 다른 아이들은 모두 조금 취하거나 졸릴 만큼만 마셨다. 나는 여섯 잔을 들이켜고는 얌전하게 졸고 있는 친구들 가운데서 춤을 추겠다고 식탁에 올라갔다. 당시 나는 아직 사춘기에 들어서지도 못했고 남자애들보다 수학숙제에 더 관심이 많던 수줍은 소녀였다. 대담한 성격도 아니고 딱히 불만이 많지도 않았는데, 술이 나도 몰랐던 내 안의 어떤 스위치를 딸깍 올린 것이다.

고등학교 시절 나는 아무리 마셔도 취하지 않는 말술로 유명했다. 나에 관해 어떤 소문이 도는지 친한 친구에게 들은 적이 있다. "우리 동네에서 제일 돈 많이 드는 데이트 상대가 콜드웰"이라고 남자애들이 그러더라는 것이다. "걔는 술로는 누구한테도 지지 않고, 누구와도 자지 않는다"고. 우리 아버지가 들었으면 분명 두 가지 모두 기개 있는 사람의 특징이라고 인정했을 텐데. 아주 어릴 적 기억 속에 아버지는 버번콕이 담긴 크리스털잔을 들고 하루를 마감하곤 했다. 이 마법의 음료에는 아버지의 유머를 더 유쾌하게, 음성을 살짝 더 부드럽게 만드는 힘이 있는 것 같았다. 당신이 "버번 브랜치워터"*라고 부르던 술로 아버지가 갈아탈 무렵 나는 텍사스 마초 동네의 똑똑하고 드센 십대였고, 아버지와 부단히 싸우면서도 아버지를 따라 하기 바빴다. 위스키는 평범한 사춘기 반항아를 데려다 황금빛 세상에 퐁당 빠뜨렸다. 나는 열여섯 살에 가짜 신분증을 들고 다녔고, 스물한 살 생일에는 날마다 술을 마시는 사람이 돼 있었다. 그사이 대학도 가고 반전운동을 한다고 돌아다니면서 약물과 사회적 금기를 닥치는 대로 경험해보았지만, 언제나 술이 주는 달콤한 약속으로 시계추처럼 되돌아왔다. 애머릴로에 있는 집에 갈 때면 아버지는 술

* '브랜치워터(branch water)'는 물이다.

진열장에 버번과 스카치를 채워놓고는 내게 절제심을 잃지 말라고 당부했다—술은 남자처럼 마시되 행동은 숙녀답게 하라고 가르치는 텍사스 음주예법의 탁월한 이중성이었다. "남자가 참을 수 없는 게 두 가지 있다." 첫 한두 잔을 들이켜고 나서 으레 아버지는 걸걸하고 득의양양한 목소리로 말했다. "쉽게 넘어가는 여자, 그리고 술을 너무 많이 마시는 여자." 나는 아버지를 따라 점잖게 고개를 끄덕이고 앞의 말이 무슨 뜻인지 묻곤 했다. 그럼 아버지는 손을 내저으며 고개를 저었다. 아버지가 너무 말을 삼가고 도통 설명을 해주지 않아서 한동안 나는 쉽게 넘어간다는 것을 줏대가 없다는 뜻으로 이해했다.

지금 생각하면 술이 나한테 문제가 되리라는 것을 아버지는 늘 알고 있었던 것 같다. 술을 보기만 해도 내가 들뜨고 기뻐했으니까, 그리고 밖으로 새나가지 않도록 애써 덮어두었을 뿐 아버지의 마음속에도 이 은밀하게 부글거리는 애정이 있었으니까. 설사 양가 친척 중 지나친 음주를 즐긴 사람이 태반이라 한들 나는 그냥 웃어넘기고 싶었다. 차마 그 결과를 진지하게 떠올릴 자신이 없어서였다. 다른 한편으로 우리 친척들은 아흔까지 장수하는 체질도 타고났기에 나는 부정 계산법에 따라 이 긴 수명으로 우리의 괴로움을 상쇄시켰다. "우리 집안은," 나는 곧잘 말했다. "알코올중독이나 자살만 잘 피하면 오래오래 살아."

이 말을 할 때 대개 내 손에는 위스키가 들려 있었다. ("하지만 너는 마셔도 항상 한 잔이었잖아." 몇 년째 술을 끊은 나를 보고 언니는 과거의 기억을 조각조각 맞춰보며 말했다. "맞아." 내가 대꾸했다. "그리고 그 한 잔이 항상 채워져 있었지.") 술에 내성이 생겨 몇 년은 술을 엄청나게 마시면서도 제 기능을 못하진 않아서—몰래 스카치를 홀짝이며 대학원 과정을 통과할 정도였다—나는 비극과 해방 사이에 애매하게 걸친 이미지를 쌓았다. 나의 자아인식은 필요에 맞춰 조립됐다. 알코올이라는 필수 영약이 있으니, 그것의 존재를 정당화할 무대장치를 세워야 했다. 그 무대에서 나는 예민한 주인공이나 비운의 낭만주의자나 과격한 보헤미안이 되어야 했다—나는 햄릿, 이카로스였고 이디스 워튼의 릴리 바트*였다. 그저 있는 그대로의 나를 직시하는 일만은 없기를 간절히 바랐다. 취하고 겁에 질려 아무것도 아닌 존재가 돼가고 있는 아무개가 나였으므로.

대부분 이런 식의 자기실현은 거리에 코카인과 위스키가 넘쳐나던 1970년대 오스틴을 배경으로 펼쳐졌다. 무심결에, 하지만 아마도 의도적으로 나는 나 같은 술꾼들로 주위를 둘

* 미국 작가 이디스 워튼이 1905년 발표한 소설『기쁨의 집』주인공.

러쐈다. 그들 중 일부는 술을 끊었고 일부는 죽었으며, 몇몇은 흥분이 가라앉고 철이 들어 일곱 잔 마시던 마티니를 한 잔으로 만족했다. 성인기라는 우리 세대의 집단적 위기에 대처하는 나름의 방식으로 나는 작가가 되겠다는 당돌한 생각을 품고 동부로 왔다—신화에 이르길, 작가가 되는 것이야말로 자기 삶을 새로이 창조하는 길이라지 않던가. 텍사스를 떠날 때 내 낡은 볼보 트렁크에 위스키 두 병을 실었고, 그 정도면 닷새 동안의 여행길에 충분하리라 판단했다. 뉴욕에 친구가 몇 명 있고 목적지인 그레이터보스턴에는 아는 사람이 둘 있었다. 아무리 겁이 나더라도 어디를 가든 주류판매점이 있으리란 것도 알았다. 그때가 내 나이 서른이었다. 취중 용기만 있으면 넘지 못할 문이 없고 극복 못할 어려움이 없으며 막막하고 고독한 밤도 여러 날 견딜 수 있음을 경험으로 알고 있었다.

1980년대 초반에는 많은 사람들이 더 소프트한 산업과 기후를 찾아 북동부를 떠나 선벨트*로 떼 지어 이주했다. 뉴잉글랜드는 춥고 어둡고 냉혹하다고 경고하는 이들도 있었지만, 더 불안한 것은 내가 집도 없고 직장도 없고 일 년 정도 버틸 돈도 없다는 사실이었다. 글쓰기 이력이라고는 유력 잡

* 미국 버지니아주에서 캘리포니아주 남부에 이르는 온난지대.

지에 기고했다가 두어 번 거절당한 것이 전부였고, 교수들로부터 몇 번 무뚝뚝한 격려를 받은 것이 자신감의 유일한 근거였다. 하지만 외부적 발판이 아무리 부실해 보이더라도 아마 나는 삶의 터전을 옮기는 데서 그치지 않고 내 삶을 구해보려고 노력중이었을 것이다. 나는 텍사스 팬핸들의 창살 없는 감옥 같은 광활한 지평선을 노려보며 자랐고, 질식할 듯한 공포 속에서 그곳을 뛰쳐나왔다. 고향을 떠나고 오랜 세월이 지나기 전까지는 내가 그곳을 얼마나 사랑하는지조차 이해하지 못했다. 원유시추기와 교회와 목장으로 둘러싸인 보수적인 애머릴로에서 기대할 것이 고루한 시골생활뿐이라 해도, 수년간 나는 우리 가족이 금언처럼 따르는 모든 것에 반기를 들었다. 그리고 십 년 뒤에는 오스틴을 벗어나기 위해 마찬가지로 마음을 굳게 먹어야 했다—내가 사랑하는 것, 아마도 나를 죽이고 있는 것을 뒤로하고 떠나기 위해.

눈앞에 삶이 펼쳐지려는 아슬아슬한 순간, 도약을 할는지 추락을 할는지 모르는 상황에서 아마 허세와 불안이 나를 반반씩 차지하고 있었나보다. 오스틴에서 보낸 마지막 두 해 동안 대학에서 강의를 하고 박사학위 구술시험을 대비해 공부하는 시늉을 하면서도 나는 마음이 이끄는 대로 글을 쓰는 삶에 가까이 다가가고 있었다—글쓰기라는 내면의 안식처의 위력과 위안은 실로 대단해서 그것이 내미는 손에 나는 심히 흔들렸다. 당시 나는 층고 3미터에 창문을 유리공예로 장식한 오래된 남부풍 저택에 방을 빌려 지냈고, 밤마다 그곳에서 스카치 한 잔과 윈스턴 한 갑을 옆에 두고 타자기 앞에 앉았다. 어느 밤인가는 술기운이 돌기 전에 글을 써놓고—무슨 글이었는지는 기억나지 않는다—흥분이 차오른 나머지 의자에서 벌떡 일어나 선 채로 타자기를 계속 두드렸다. 젊은 작가 지망생이라면 누구나 그렇게 글을 쏟아내는 또렷한 희열의 순간이 있을 것이다. 그러나 지금 보건대 나에게 그것은 결정적인 순간이자 내 영혼을 팔아넘기는 파우스트적인 순간이었다. 호박색 불빛, 왱왱 돌아가던 타자기, 그리고 열망과 기쁨으로 가득찬 젊은 여성이 그곳에 있었다. 글쓰기는 나의 생명력이었고 위스키는 풀숲에 도사린 뱀이었다. 할 수 있는 한 오래오래 나는 두 가지를 다 놓지 않았다.

젊음과 자신감은 알코올의 재앙에 맞서는 괜찮은 무기가 될 수 있지만 어디까지나 한시적이다. 나는 일을 쉬지 않았고, 매일 아침 얼굴에 찬물을 끼얹고 나가 술을 깨기 위해 수영을 했고, 그리고 다시 술을 마셔 수영으로 회복한 것을 쓸어냈다. 알코올이 주는 심리적 위안—술만 있으면 못 견딜 것이 없다는 성스러운 확신—이 컸기에 몇 년 동안은 숙취도, 큰일났다는 두려움의 자각도 대수롭지 않았다. 나는 상비용으로 은색 휴대용 술병에 위스키를 채워서 다녔다. 겉으로 멀쩡해 보이면 어떻게든 현실을 그럭저럭 넘길 수 있을 줄 알았다. 까칠한 성미를 술로 죽였고, 술에 취해 있지 않을 때는 대신 커피와 단백질과 리브륨* 5밀리그램으로 모자란 것을 메우려 했다. 나는 평점 4.0의 잘 돌아가는 기계였고, 남들은 진실을 눈치채지 못했다. 적어도 나는 그렇게 생각했다.

왜 술을 마셨을까? 술을 끊고 몇 년 뒤 상담치료사에게 이런 질문을 받고 나는 그것이 살면서 받아본 가장 바보 같은 질문이라고 생각했다. 마시지 않을 이유는 또 뭐란 말인가? 질문한 사람의 기분을 상하게 하고 싶지 않아서 어깨를 으쓱하고는 나름대로 최대한 정직하게 대답했다. "그거어슨 말이죠." 말투에 약간의 냉소가 섞였다. "온 세상이 황금빛으로 바뀌거든요." 이 말을 직접 내 귀로 듣고 나니 비로소 그 숭고한 빛깔 자체가 문제의 신호였다는 생각이 들었다.

알코올 문제를 정식으로 다루려던 몇몇 전문가의 시도는 몇 년이 지나도록 여전히 성과가 미미했다. 1970년대 텍사스에는 '약물남용'이라는 말 자체가 없었다. 대학원 시절 마지막 두 해 동안 나는 일과 사랑이라는 일상의 스트레스를

* 신경안정제의 일종.

털어놓으려고, 혹은 그러고 싶다는 생각으로 어느 친절한 여성 심리치료사를 찾아갔다. 전공 공부는 힘들고 만나던 사람과 얼마 전 헤어진데다 잠도 잘 이루지 못했다. 심리치료사와 나는 밀라노 쿠키를 나눠먹으면서 사는 게 얼마나 힘든지 모른다고 웃으며 떠들었다. "제가 술을 너무 많이 마시는 것 같아요." 어느 날 내가 고백했다. "밤마다 위스키를 대여섯 잔씩 들이부어요. 아마 숄크리크에 입원해야 할지도 몰라요." 숄크리크는 사람들이 술을 끊으러 들어가는 오스틴의 정신병원이었고, 내가 일하던 사무실의 변호사는(생굴을 곁들여 스카치를 마시는 법을 이 사람에게 배웠다) 숄크리크를 스파처럼 여겼다. "당신은 안 받아줄걸요." 흥분하는 법 없이 상냥한 나의 심리치료사는 이렇게 대꾸했다. "그러기엔 너무 멀쩡해 보이거든요."

그녀의 말은 내가 아직 고꾸라지지 않고 여전히 유능하게 제 역할을 하고 있으며, 음주운전이나 부부 갈등, 실직처럼 심각한 상태를 암시하는 외적인 참상은 아직 겪지 않았다는 뜻이었다. 같은 해 정기검진에서 만난 남자 내과의는 그다지 자상하지도 않고 좀더 둔감한 사람이었다. 그가 술을 얼마나 마시느냐 묻기에 하룻밤에 네 잔쯤 마신다고 대답했다. 환자의 술이나 약물 사용에 문제가 있다고 판단되면 의사들은 경험상 환자가 고백하는 양의 두 배를 어림한다는 사실을 그때는 몰랐다. "조심하는 게 좋을 겁니다." 의사가 내 눈을 피하며 말했다. "젊은 여성이 너무 술을 많이 마시는 것만큼 부적절한 게 없습니다."

이런 바보 같은 말은 음주를 더 부채질할 뿐이었다. 당시 나는 대항문화와 여성운동을 두루 섭렵한 이십대 후반이었고, 내가 술을 마시는 것은 새로운 시대의 필수조건 중 하나라고 굳게 믿었다—음주는 나 같은 여성들이 이 세상에서 제 기능을 하는 방법이고, 고도의 민감성을 추구하는 미학이자 창조력의 윤활유라고 말이다. 이것을 부인한다면 남은 하나의 진실은 훨씬 더 참혹했다. 알코올중독자—수치와 공포 없이는 떠올릴 수조차 없는 단어다—는 술로 스스로를 궁지에 몰아넣은 병든 자이고 빠져나올 길은 오직 술을 끊는 것뿐이라는. 금주는 나로선 상상도 할 수 없는 무언가였고, 흥분도 위안도 아무런 변화도 없는 음울하디음울한 방에 갇히는 것이나 마찬가지였다. 그래서 나는 오랜 세월 알코올중독과 과도한 음주 사이의 경계라고 믿었던 딱 그 정도를 벗어나지 않았다. 불안감을 입 밖에 낼 때는 번번이 유머나 마초 흉내나 태연한 반항을 가장했다. "술을 끊으면 재미없는 사람이 될 거야." 언젠가 내가 이런 말을 무심코 내뱉은 상대는 오스틴에 사는 한 친구, 그것도 수십 년을 맥주캔에 둘러싸여 살다 알코올중독으로 사망한 아버지를 둔 간호사 친구였다.

"너무 장담하지 마." 친구가 말했다. "허구한 날 제일 따분한 사람이 알코올중독자들이니까."

충성을 맹세한 대상이 문제의 원인일 때는 그런 경고가 귀에 들어오지 않는다. 깨진 유리로 뒤덮인 길을 한참 기어서 빠져나온 뒤라면 모를까. 최대한 상냥하고 위협조가 아닌 도움이라 할지라도—알코올중독자에게 그런 게 있을 수 있다면 말이지만—문을 부서뜨리지는 못했다. 혹시 문이 부서졌으면 아마 나는 야반도주라도 했을 것이다. 나는 도움을 원치 않았다. 내가 원한 것은 나를 안심시켜줄 말이었다. 잠깐이어도 좋고 억지스러워도 상관없으니, 그저 내가 별 탈 없이 계속 술을 마실 수 있을 거라는 위로를 받고 싶었다. 어느 오래된 농담처럼 말이다. 무인도에 간 사내에게 호리병 요정이 두 가지 소원을 빌라고 하자 사내는 맥주 한 병을 부탁한다. 요정이 즉시 맥주를 대령하며 이것은 시원한 맥주가 영원히 마르지 않는 병이라고, 이제 소원 한 가지를 더 빌라고 한다. 그랬더니 사내가 그래도 혹시 모르니 그냥 맥주를 한 병 더 줘요, 라고 말한다는 이야기.

나는 아직 모험을 갈구할 만큼 젊고 용감한 나이에 이곳 동부 연안으로 왔다. 그보다 몇 해 앞서 처음 뉴욕에 발을 디뎠을 때 나는 이미 성인이었고, 이 도시는 언제나처럼 마법의 약을 내밀었다. 행복감에 취해 구겐하임에서 그리니치빌리지까지 여든 블록을 내리 걸었다. 눈발이 날리는 길모퉁이, 줄지어 선 택시들, 자라면서 영화와 TV에서 봤던 온갖 대중문화의 아이콘, 그 한복판에 내가 서 있었다. 이 모든 게 실재하는 현실이라는—이 휘황찬란한 광경으로 걸어들어가 나도 일부가 될 수 있다는—생각에 겸허해지고 인생이 달리 보였다. 피카소의 〈게르니카〉가 아직 걸려 있다는 현대미술관MoMA에 찾아갔을 때 계단에서 돌아서서 처음으로 그 작품을 본 순간, 나는 난간에 기대지 않고는 몸을 가누기 힘들었다. 아무리 스스로 교양 있는 사람이라 자부했어도 나는 밀밭과 교외의 풍경을 시각적 상수로, 그리고 예술은 주로 책 속에 존재하는 무엇으로 여기며 자랐다. 맨해튼에 있는 시간은 나 자신의 삶을 향해 돌진하는 경험, 혹은 스스로 날 수 있다는 사실을 발견하는 경험이었다. 이것을 외면했다면 영영 기회를 놓쳐버리는 실수로 남았을 것이다.

케임브리지도 나름대로 은근하면서도 고혹적인 매력이 있었다. 처음 케임브리지를 여행할 때 나는 예술다큐와 카푸치노머신이 있던 오슨웰스극장에 가보았고, 낡아빠진 가죽재킷 차림으로 지역주민인 척 하버드야드*를 어슬렁거렸다—그때 나는 서글픈 내 마음의 테두리 안에 담기에는 너무 거대한, 오히려 더 강렬한 힘으로 나를 집어삼킬 곳에 찾아왔다는 직감이 들었던 것 같다. 어쩌면 이것이 흥분 뒤에 두려움을 감추는 흔한 젊음의 모습이라고 생각할지 모른다. 그러나 이제 와 돌이켜보면, 그때의 나는 빛과 맞닥뜨린 그림자처럼 보인다. 빛이 그림자를 이기려 안간힘을 다하고 있었고, 그러자면 텍사스부터 벗어나야 한다고 나는 믿었다.

뉴잉글랜드에서 처음 맞는 여름, 나는 길쭉한 삼층집에 여섯 명의 동거인과 함께 살았다. 의사, 물리학자, 댄서, 손인형 제작자 둘 등 면면이 화려한 이 그룹에서 나는 어쩐지 색다른 존재였다—그때까지 내가 고수하고 있던 술꾼 이미지도 분명 한몫했을 것이다. 나는 남자 같은 용모에 부츠를 신고 위스키 두 병을 갈색 봉투에 담아 옷장 선반에 올려두고 다녔다. 자기들의 점잖은 대항문화공간에 침입한 이 느릿한 말투의 텍사스 출신이 동거인들은 재미있었던 모양이다. 그 집에서 나와 가장 친한 사람은 댄서 재키였다. 재키는 평상시 외출에도 호피무늬 모자와 팔꿈치까지 오는 분홍 장갑으로 단장했고, 매일 밤 저녁식사 자리에서 "우선, 아침에 일어

* 하버드대 캠퍼스에서 가장 오래된 구역 중 하나. 관광명소로도 유명하다.

났지!"로 시작하는 자기의 하루 일과를 읊었다. 우리는 서로를 무척 좋아했다—그녀는 나라는 비련의 주인공에게 조이스 브러더스 박사* 같은 혁명적인 상담자가 돼주었다. 집에서 여름맞이 파티를 연 다음날 오후, 우리는 뒷마당에 드러누워 파티가 어땠는지 감상을 주고받았다. 평소보다 심한 숙취에 시달리던 나는 솔직해진 김에 숙취가 심하다고 털어놓았다. 재키는 댄서이고 괴짜인 한편으로 자격증이 있는 간호사이기도 했다. 60년대와 70년대에 전쟁터 같은 의료현장에 근무하며 정신질환 피해 사례들도 겪어본 인물이다. 둘이서 눈을 감고 나란히 누워 있다가—또래집단 심리분석을 하는 자세였다—재키가 불쑥 물었다. "자기 알코올중독이야?"

마치 물고기자리냐고 물어보듯 아주 차분한 질문이었다. 너무 놀란 내 입에서 솔직한 대답이 튀어나왔다. "몰라요." 내가 말했다. "심리적으로 중독돼 있다는 건 알지만."

그후로 계속 술을 마시던 삼 년 동안 이 대화가 내 의식을 맴돌았다. 내가 감히 묻지 못한 것을 재키는 과감히 물어보았고, 그렇게 대답함으로써 나는 불안에 찬 누군가를 아주 잠시나마 내 안에 들여놓았다. 몇 달 뒤 나는 같은 동네의 다락방으로 이사를 나왔다. 이 공간에는 내가 원하는 삶의 낭만적인

---

* 미국의 유명한 심리학자.

기반도, 삶에서 가장 먼저 떠나보내야 할 암울한 귀퉁이도 모두 있었다. 혜안과 친절한 마음씨를 지닌 재키는 나의 어둠을 이해하고 내가 그 어둠을 통과하는 동안 가까이 머물러주었다. 그때 나는 보스턴 거리에 용감하게 달려들어 자유기고 일감을 따내고 집에 돌아와 애들러 타자기를 맹렬히 두들기며 술을 들이부었다. 페르시아고양이 새끼도 한 마리 데려와 대실 해밋*이라 이름을 붙였다. 내가 술을 마시는 동안 대실은 내 침대 위 베개에 앉아 한밤중에 내가 비틀거리고 의식을 잃는 과정을 그 큰 눈으로 똑똑히 지켜봤다. 혼자서는 견뎌내지 못했을 시간이었다. 그때 나는 보스턴의 대안신문 〈피닉스〉에 고정 필진으로 채용되었다. 칼럼은 정신이 맑아지는 새벽녘에 썼다. 나는 술꾼일망정 완벽주의자이기도 했다—이 두 가지 특징이 결국에는 서로를 상쇄하리라고 믿었다. 어느 날은 병원에서 알코올중독에 관한 소책자를 몰래 가져와 버번 한 잔을 손에 들고 이십 개의 문항으로 구성된 검사지를 작성해보았다. 1980년대 초인지라 여전히 사회의 전통적인 여성상이 질문에 깔려 있었다. 그중 잊을 수 없는 한 가지를 들자면, '당신의 음주에 대해 남편과 자녀가 걱정을 표시한 적이 있습니까?'였다. 나는 보란듯이 큼직하게 '아니

* 미국 하드보일드 탐정소설의 거장.

요'에 표시했다. 남편도 없고, 자녀도 없고, 걱정도 없다는 뜻으로.

더 불길한 사실을 얘기하자면, 애초에 해방이라 여겨진 것들이—텍사스 탈출, 갈색 봉투에 든 위스키, 인생의 재설계가—이제는 공포가 되어 닻을 올리고 서서히 모습을 드러내고 있었다. 나는 내과의사의 충고에 따라 약물남용 환자를 대상으로 최면요법과 심리요법을 쓰는 전문가를 만나러 갔다. 그가 최면을 걸 때마다 나는 치과에서처럼 뒤로 젖혀지는 의자에 누워 말없이 흐느끼기 시작했다. 눈물이 얼굴을 타고 흘러내려 머리카락이 축축하게 젖었다. 이것만으로도 깊은 내면의 슬픔이 밖으로 나오려 한다는 증거였는데, 치료사는 혐오요법을 써야겠다고 생각한 모양이었다. 집에 가서 한 주 동안 최대한 술을 많이 마시고 다음번 치료비로는 스카치 한 병을 가져오라고 일렀다.

지금 생각하면 치료요법이 듣지 않는 내 상태—계속된 음주, 흐느끼는 최면상태—가 실은 이런 낯선 환경에서 나를 도망치지 못하도록 붙잡아둔 것이 아니었을까 싶다. 어떻게든 이 치료사가 마법의 단추를 눌러 나의 마비된 애착관계를 끊어주길 바라며 나는 몇 주 동안 계속 치료를 받으러 다녔다. 그러던 어느 날 그가 웃으며 치료실로 들어섰다. 자기가 지난주에 LSD*를 먹고 환각상태에서 나를 보았다며, 이제

다 괜찮아질 거라고 말하는 것이다. 거기서 그치지 않고 우리 둘 사이에 존재한다고 믿는 강한 성적 끌림에 대해 설명하더니, 이것이 행동으로 옮겨지지는 않을 거라는 말도 조심스럽게 덧붙였다. "1부터 10까지를 기준으로 봤을 때," 그가 기분 좋은 고백이라도 하는 투로 말했다. "당신은 9 정도 되는군요." 그런 높은 수치의 호감은 오직 당신 혼자만의 것임을 똑똑히 말해주고 나는 도망쳤다. 마지막의 신비한 치료비 명목으로 청구서가 날아왔지만 지불하지 않았고, 불평 섞인 그의 편지에도 절대 답하지 않았다. 혹시라도 그가 입혔을지 모를 피해에 대해, 아니면 적어도 그가 나에게 떠넘긴 실패에 대해 나는 몇 년을 곱씹었다.

만취상태로 운전하거나 사람들 앞에 나타나지 않을 만큼의 지각과 자존심은 있었기에 내 세계는 갈수록 좁아졌다. 현관에 뛰어들다 팔에 멍이 들기도 했고, 발목을 삐었을 때는 목발 손잡이에 비닐봉지 두 개를 묶어 만든 간이 바—봉지 하나에는 얼음, 다른 하나에는 작은 버번병이 들어 있었다—를 부엌에서 책상까지 절뚝거리며 나르기도 했다. 그러

* 환각제의 일종.

던 어느 날 밤 미련한 행동이 이런 아마추어적 수준을 넘어섰고, 나는 크게 넘어져 결국 응급실에 실려갔다. 욕실 거울 앞에서 레너드 코언*이 읊조린 비극적 순간에 빠져 있다가 한 손에 스카치 잔을 든 채 그대로 맥없이 쓰러진 것이다. 욕조에 몸이 걸쳐지면서 갈비뼈 네 대가 부러졌다. 새벽 네시에 벌어진 일이었다. 부인하기 일쑤인 내가 생각해도 내 음주는 이제 도를 넘어섰다.

내가 처한 시공간의 문화적 언명—텍사스와 그곳의 음주 문화, 중독을 둘러싼 여전히 편협한 이해—에 따르면, 알코올중독은 비난할 수는 있어도 고칠 수는 없는 것이었다. 다른 면도 온전치 못한 사람들, 나약한 사람들, 우리 아버지처럼 말하자면 어깨를 펴고 제대로 날 의지력이 없는 사람들에게 일어나는 것이 알코올중독이었다. 이런 식의 해석에는 극심한 중독에 시달리는 사람의 내적 갈등—살고자 하는 빛과 이것을 가리려는 술에 대한 갈증—이 언제나 빠져 있었다. 나는 매일 아침 또다시 실패한 지난밤을 후회하며 눈을 뜨고 이번에는, 오늘만은, 딱 네 잔만 마시리라 맹세하며 불안감을 삼켰다. 보드카로 갈아타보거나 극장에 가거나 뉴욕으로 이사간 재키에게 전화를 걸어 상황의 심각성을 털어놓기도 했

* 캐나다의 음악가이자 시인.

다. 온종일 테이프가 돌아가고—용기 대 공포, 결심 대 갈망, 협정 대 파기가 교차했다—그러다가 결국 냉동고를 벌컥 열어 얼음을 꺼내고 온몸으로 안도의 숨을 내쉬면, 다시 그 순환이 처음부터 되풀이되는 것이다.

이런 무한반복이 남기는 최악의 심리적 앙금은 지속적인 배신감이었다. 매일 아침 술을 마시지 않기로 계약을 맺지만, 밤 여덟시나 아홉시쯤 계약은 다시 깨진 뒤였다. 돌에 물방울이 떨어지는 것처럼 끊이지 않는 침식작용이 일어났다. 나는 운좋게도 양친의 장점을 고루 물려받아 어머니의 독립심과 아버지의 강한 결단력을 모두 지녔다. 그리고 삼십 년 동안 제법 괜찮은 성과를 거둔 나 자신에 대한 신뢰도 있었다. 그런데 이번 적수는 그간의 도전 상대들보다 훨씬 가혹하고 끈질기고 강력했다. 승부가 이미 판가름났다는 건 앞선 한 해로 증명이 됐다. 실제로 링에 올라 잭다니엘 병에게 흠씬 두들겨 맞는 꿈을 꾼 적도 있었다. 십 년이 넘는 세월 동안 나는 술을 놓지 않으려고 신들과 협상을 벌였다. 마감시간을 지키면 술을 사기로. 일감을 따내면 술을 마시기로. 내 글이 흡족할수록 하루의 끝에 받는 보상도 더 커졌다.

작가로서 나의 행보가 벼랑을 걷듯 아슬아슬했던 것은 그런 이유였을 것이다. 나는 어떻게든 술을 마시는 것이 정당화될 만한 일감을 찾아다녔다. 욕실에 쓰러지던 날도 이틀 뒤에 출장일정이 잡혀 있었다. 출장지는 뉴햄프셔주 마운트워싱턴 꼭대기의 기상관측소, 달처럼 외떨어지고 세계에서 가장 험악한 날씨를 뽐내는 곳이었다. 부러진 갈비뼈 때문에 출장은 육 주 연기했다. 2월, 뉴햄프셔주 고럼의 산기슭까지 세 시간에 이르는 버스 여행길에 올랐을 때는 아직 갈비뼈 붕대를 풀지 못한 채였고 가방에는 진통제와 위스키 두 병이 들어 있었다. 버스는 저녁 여섯시에 보스턴을 출발해서 북쪽을 향해 어둠 속을 달렸다. 나는 욱신거리는 갈비뼈와 퍼코셋*을 끌어안고 춥고 쓸쓸한 버스에 앉아 미리 준비해온 차디찬 햄샌드위치 쪼가리를 먹으며 내가 처한 불안한 상황을 애써 외면했다. 버스가 종착지인 고럼에 도착했을 때 승객은 나 외에 한 명뿐이었다. 징그럽게 생긴 이 사내는 자꾸 눈길을 던지며 나를 따라올 듯 굴었다. 나는 버스에서 내려 지팡이로 빙판길을 헤치며 마을 호스텔에 도착했고 방에 들어가자마자 버번 8온스를 그대로 들이켰다. 이튿날 아침 다른 지질학자 두 명과 나를 산으로 태워갈 설상차가 도착했다. 차에 오르면서도 나는 부러진 뼈보다 배낭에 감춘 유리술병에 더 신

* 마약성 진통제의 일종.

경이 쓰였다.

의식적인 노력의 결과였는지 우연이었는지 관측소 내에서 술 마시기에 안성맞춤인 은둔처를 발견했다. 기상학자들은 악천후로 몇 주일씩 발이 묶이는 일이 비일비재해서 대용량 토마토소스며 양념과 나란히 독한 술도 종류별로 비축해두고 있었다. 관측소에 함께 머물던 다른 두 명이 통유리창으로 마운트워싱턴 골짜기가 내려다보이는 사무실을 내게 양보했다. 저녁에는 함께 모여 요리를 해먹으며 술을 몇 잔 곁들였다. 새벽 다섯시부터 그들의 오전 교대근무가 시작되는 터라 매일 저녁 여덟시쯤이면 나는 간이침대와 버번이 있는 숙소로 물러날 수 있었다. 그리고 이 비상식량이 동나지 않도록 밤마다 병에 표시를 해두었다.

그뒤 두어 달이 아드레날린과 불안으로 얼룩진 것은 멀쩡한 허울을 유지하려는 최후의 몸부림 때문이었다. 나는 미국에 마지막 남은 유인등대 중 하나인 보스턴등대를 취재하기로 하고, 등대지기와 그의 개와 함께 보스턴항구의 리틀브루스터섬에서 하룻밤 묵는 일정을 잡았다. 섬까지 타고 갈 연안경비대의 쾌속정이 도착했을 때 나는 아직 전날의 숙취로 오한이 가시지 않은 상태였다. 배에 타고 있던 친절하고 시끄러운 사내 서넛이 으스대며 엔진속도를 높였다. 나는 긴장감과 멀미를 들키고 싶지 않아 옛날 텍사스식으로 한술 더 뜨는 작전으로 나갔다. "그래서," 내가 사내들에게 물었다. "얼마나 더 빨리 갈 수 있는데요?" 사내들은 빙긋이 나에게 웃어 보이고는 서로 웃음을 주고받더니, 대략 시속 100킬로미터로 항구를 가로질렀다. 섬에 내리는 내 얼굴은 창백했지만 사내들은 내가 끄떡없다고 생각했고—적어도 내 생각에는 그랬다—내 혼란한 자의식으로는 그 점이 중요했다.

그러나 등대지기는 속지 않았다. 이제 자존심도 너덜너덜해져 문제를 은폐하기는 역부족이었다. 등대지기와 오후 반나절을 보낸 뒤 나는 위층에 올라가 이십 분 만에 보드카를 6온스를 마시고 다시 부엌에 내려와 티본스테이크를 요리하는 그의 모습을 지켜보았다. 섬에는 우리 두 사람뿐이었고 등대지기는 키가 크고 건장한 삼십대 중반으로 수줍음이 많아 보였다. 그날 밤 우리는 그의 밝은 부엌에 앉아 펩시를 마시며 스테이크를 먹었다. 식사 도중 뜬금없이 그가 몇 해 전 술을 끊게 된 사연을 들려주었다. 나는 미소를 지으며 공감하듯 고개를 끄덕였다. 그에게 냄새가 풍길까봐 보드카를 골랐지만, 그는 알고 있었던 것이다. 다음날 아침 나는 술이 덜 깬 채로 27미터 높이의 등대탑 꼭대기까지 어질어질한 계단을 억지로 올랐고, 기사에 숫자를 적을 수 있도록 총 단수를 세가며 걸었다. 사람들은 알코올중독자들이 의지력이 없다고들 하는데, 모르고 하는 소리다.

연료가 충분한지 외양은 괜찮은지 점검을 거듭하며 한심한 영웅 흉내를 내고 있었지만, 물가로 나오게끔 내게 밧줄을 던져준 것은 다름 아닌 글쓰기였음을 이제는 안다. 술을 지키고 글쓰기를 잃은 세상에서 산다고 생각하면 술이 없는 세상보다 훨씬 더 견디기 힘들었다. 비참했던 마지막 몇 달 동안은 밤늦게 술에 취해 내가 나에게 끼적거린, 반쯤은 이해되고 반쯤은 이해되지 않는 메모들이 발견되기 시작했다. 낮에 맑은 정신으로 쓴 글은 최소한 알아볼 수 있고 명료했는데, 내 어두운 반쪽이 남긴 메모들은 마치 한물간 왕년의 브로드웨이 탕녀를 싸구려 술집에서 맞닥뜨린 느낌이었다. 내 나이 서른셋이었다. 고뇌하는 낭만주의자의 환상이 아무리 심하게 나를 몰아붙였던들, 비극적인 몰락을 맞기엔 아직 너무 이른 것 같았다. 수년간 나는 위스키로 재능을 길들인 작가들을 모아 술에 전 명예의 전당을 만들었다. 포크너와 헤밍웨이와 해밋의 이름이 올랐다(우연찮게도 내 내면이 가리키는 대상은 대개 남성이었다). 내가 지어낸 이 이야기에서 거짓을 증명하는 각주들은 편리하게 생략했다. 포크너의 규율, 해밋의 긴 금주 생활, 헤밍웨이의 엽총. 위스키는 그들의 창조성을 타오르게 한 것이 아니라 오히려 꺼뜨렸다. 때로는 한 방울씩 한 방울씩, 아주 서서히.

작가가 되는 상상을 현실로 만들리라 생각하며 살던 다락방은 가로수가 늘어선 거리의 엘리베이터 없는 삼층 건물에 있었다. 타자기가 놓인 자리는 거실이었고, 그곳에 난 건물 전면 창밖으로 지붕들과 뉴잉글랜드의 하늘이 이어졌다. 아래로는 사람들이 삶을 꾸려가는 거리 풍경—우편배달부, 개를 산책시키는 사람, 도시생활의 후경을 이루는 친숙한 타인들—이 내려다보였다. 부러진 갈비뼈 때문에 집에서 꼼짝을 못하던 어느 겨울 오후, 그저 주류판매점에 걸어가 버번 한 병만 사올 수 있다면 더 바랄 게 없겠다는 심정으로 창가에서서 눈발이 휘날리는 바깥을 내다보는데, 문득 내 꿈의 경로가 이만큼 어그러졌다는 생각에 심장이 멎는 것 같았다. 작가가 되겠다는 의지로 아무런 일자리도, 가족도, 발판도 없는 이곳까지 그 먼길을 와놓고 지금은 저 아래 세상 사람들로부터 격리되어 비좁은 내 삼층 독방에 발이 묶인 채 어서 술을 마실 수 있도록 이 하루가 끝나기만 기다리고 있다니. 수년간의 자유낙하가 끝이 났고, 불안은 절망이 되었고, 나는 정말로 더는 버틸 힘이 없었다.

중독을 이겨낸 성공담은 대개 아주 단순하다. 어느 AA 모임에서 들었던 누군가의 말처럼 나도 "취하도록 마시다보니 점점 심해졌고, 여기까지 오게 됐다". 봄이 올 무렵 나는 케임브리지 의료보험에서 제공하는 알코올중독 교육프로그램에 다니고 있었다. 나보다 몇 살 위의 리치라는 키가 크고 수더분한 남자가 매주 나와서 알코올중독의 참상에 대해 이야기했다. 나는 그가 바보 같다고 생각했다. 수업이 끝나면 집에 가서 큰 잔 가득 버번을 따라놓고 그가 한 말들을 곰곰이 곱씹었다. 그는 멀대같이 크고 순하기만 할 뿐 멋이라곤 없었다. 뭔가 착오가 있었던 게 분명했다—위스키를 사랑하고 앞날이 창창한 비극의 여자 주인공을 다룬 항목이 그의 의학 문헌 리스트에서 누락돼 있는 것이다. 그리고 한 주가 지나면 나는 다시 비틀거리며 강의를 들으러 갔다.

이 친절한 강사 리치는 매우 중요한 두 가지를 행동으로 보여주었다. 첫째, 그는 청중들에게 아무것도 기대하지 않는 것 같았다. 우리를 금주의 세계로 인도하겠다고 윽박지르거나 살살 구슬리지 않았고, 심지어 다음 시간에 또 오라는 말도 없었다. 둘째, 내가 그동안 읽은 소책자 어디에서도 알코올 없이 생존하는 방법을 다루지 않았는데, 그는 불교적으로 해석한 방법을 제시했다. 음주생활 내내 나는 알코올중독에 빠졌다면 실패는 이미 정해진 거라고—이미 싸움에서 패배했으니 구제받을 길이 없다고—생각했다. 기껏해야 암담한 불안감 속에서 전전긍긍하며 사는 게 고작일 줄 알았다. 리치는 싸움이라는 지점은 받아들였지만 나머지는 동의하지 않았다. 마지막 강의에서 그는 AA 모임의 취지가 항복이라고 말했다. 나는 눈알을 굴렸다. 전에 들어본 말이었다. 그가 이어서 설명하기를, 항복—무기를 내려놓고 싸움터에서 물러나기로 결심하는 것—이야말로 당신의 모든 힘을 되찾는 길이라는 것이다.

형광불빛이 조금쯤 부드러워지고, 지난 몇 주 동안 나처럼 의구심에 찬 사람들과 앉아 있던 을씨년스러운 강의실이 잠깐이나마 희망적인 분위기를 내뿜었다. 그가 무슨 말을 하는지 이해가 되었다. 자고이래 진정한 영웅정신이란 이런 신화적인 투쟁으로 얻어지는 법. 아무튼 그날 밤 금주라는 개념의 메시지에 처음으로 혁명적인 색채가 가미되었다—삶을 구하고 주류主流에 대항하는, 대담하기까지 한 발상이었다. 술을 끊고 나서도 여전히 멋지게 사는 게 가능할지도 모른다고 그날 밤 나는 생각했다. 술 마시는 정체를 숨기기 위해 지난 십 년을 최신식 갑옷으로 무장하고 겁에 질린 채 보낸 젊은 여자에게 이것은 더할 나위 없이 급진적인 일이었다.

물론 덕분에 나는 삶을 구했다. 멋져 보이는 데에는 통 관심이 없고 남들을 돕는 일에만 관심이 지대한, 따뜻하고 겸손한 이 사람 덕분이었다. 오만함의 방패를 내려놓은 나는 어느 오후 강의가 끝난 뒤 우리 집안의 알코올중독 내력을 상담한다는 명목으로 리치를 만나러 갔다. 그런데 그날은 말짱한 정신이었는데도 리치의 사무실에서 보낸 한 시간 중에 이후 기억나는 순간이 거의 없었다. 떠올리기 끔찍하지만, 처음에 내가 흐느끼며 이렇게 말한 것은 알고 있다. "제가 술을 너무 많이 마시는 것 같아요." 그 나머지는 기억에서 사라졌고, 한 시간쯤 지나 리치가 자리에서 일어나 서둘러 그다음 주에 알코올중독 치료 예약을 잡아준 것이 끝이었다. 몇 달 뒤에 리치에게 그날 내가 무슨 이야기를 했는지 물어보았다. 그는 전에도 이런 일시적 기억상실을 보았다며 빙긋 웃었다. "주로," 그가 말해줬다. "당신은 구제할 가치가 없는 사람이라고 나를 설득하려고 했어요."

그때도 그랬지만 지금도 나는 이 사실이 충격적이다. 순간 자기애가 발동해서 그를 만나러 간 것이라고 줄곧 믿고 싶었기 때문이다. 하지만 알코올에, 그리고 알코올로 인한 피로와 자포자기에 기운을 모두 빼앗겨 더이상 싸울 의지가 남아 있지 않았다. 그날 나는 집으로 돌아가 〈빌리지 보이스〉에 보낼 원고를 마감했다. 그리고 부디 마지막이 되기를 바라며 동네 주류판매점으로 차를 몰았다. 잭다니엘 한 병과—내 프리랜서 수입으로는 과용해서—조니워커 레드 한 병을 샀다. "선물상자에 넣어드릴까요?" 점원이 순진하게 물었다. "그럼요."

내가 대답했다. "좋지요." 사흘 뒤 나는 남은 술을 개수대에 쏟아버리고, 내가 다시 시작할 수 있도록 도와줄 리치의 사무실에 약속시간보다 삼십 분 늦게 숙취로 비틀거리며 들어갔다.

1984년 여름이었다. 당시만 해도 AA 모임은 여전히 사회질서에 편입되지 못했다—요즘처럼 시사주간지 표지에 실리는 일도 없었고, 금주 구호가 찍힌 자동차 스티커도 나오기 전이며, 유명인사들의 재활 고백도 아직은 훗날의 얘기였다. 지역 AA 모임 스케줄을 꿰고 있던 나는 마지막으로 술을 마시기 며칠 전 케임브리지 모임에 슬그머니 들어가 뒷자리에 앉아 흐느끼고 있었다. 그때 상냥한 음색의 우아한 여성이 팔꿈치로 살짝 나를 건드리며 소곤거렸다. "걱정 말아요—생물학적인 반응이니까." 이 말을 들으니 기운이 솟았다. 무심히, 그러나 분명하게 전달된 단 네 마디가 내 인생에서 가장 심각한 문제에 대답이 됐다. 그곳을 나와 조니워커가 기다리는 집으로 돌아왔다. 다음날도, 그다음날 밤도 같은 패턴의 반복이었다. 드디어 리치를 만나 새 인생의 요강을 세우기로 약속한 월요일 아침이 되었을 때 나는 이미 스카치는 물론이고 덤으로 다량의 버번까지 깨끗이 비우고 술집 하나에 맞먹는 빈병들을 내다버렸다.

12단계 프로그램*이 아직은 일반적인 문화로 정착되기 전이라는 것도 한 가지 이유였을 텐데, 내가 참석하는 AA 모임들은 비밀리에 근근이 열리는 느낌이었고 모이는 장소도 대부분 교회 지하실이었다. 여기에는 뭔가 대단히 낭만적인 분위기가 있었다—전적이 화려한 프리메이슨이 된 것 같다고 할까. 대학원 시절 나는 1930년대 공산당 당원으로 활동한 작가들의 회고록에 한창 빠져서, 비밀조직회의에 몰래 참석해 자욱한 담배연기 속에서 자신들이 세상을 변혁하고 있다는 신념을 설파하던 그들의 이야기에 몰입했었다. 나는 그들의 뜨거운 집중력이 늘 부러웠다. 어느 여름 저녁, 보스턴 커먼공원을 가로질러 또다른 교회 지하실을 찾아가고 있을 때였다. 공원은 어딘가를 향하는 사람들로 가득했다. 지난 수년간 나는 실재하는 삶처럼 보이는 순간들을 향해 바삐 걸어가는 이런 인파에서 나만 동떨어져 있다고 느꼈다. 이제는 더 깊고 더 다양한 진실을 알고 있었다. 그들 중 몇몇은 AA 모임을 향하고 있다는 것. 이것은 어렵사리 얻은, 하지만 삶이 언제나 알려주고 싶어하는 훌륭한 가르침이었다. 우리 눈에 보이는 세상은 공개된 버전일 뿐이라는 깨달음. 교회든 병실이든 담배연기 자욱한 지하실이든 눈에 보이지 않는 영역들도

* 1930년대에 AA 모임 초창기 회원들이 단주와 일상 회복을 위해 만든 프로그램.

엄연히 이 세계를 떠받치는 한 부분이다. 내 손에 마스터키가 쥐여졌고, 나도 그 안으로 발을 들여놓았다.

여러 해 전 오스틴에서 알던 지인 중에도 AA 모임에 들어가 다시 삶을 추스른 이가 있었지만, 그 모임이 얼마나 배꼽 빠지게 재미있는지 말해주는 사람은 없었다. 접이의자와 대형 커피포트가 놓인 허름한 방에 들어서니 사람들이 마트에서 사온 쿠키로 당을 섭취하고 낡은 참치캔을 재떨이로 쓰고 있었다. 주정뱅이들의 시민재판소라고나 할까. AA 모임은 내가 무너뜨리고 싶었던 모든 계급적 경계를 초월했다. 말쑥한 양복 차림의 남자, 말투가 거친 여성 노동자, 지하철에서 봤으면 별생각 없이 지나쳤을 소심한 영혼이 있는가 하면, 얼굴은 험상궂은데 일단 입을 여는 순간 저런 사람이 옆에 있으면 두고두고 든든하겠다 생각되는 사내들도 있었다. 그들이 들려주는 이야기는 가슴 아프고 충격적이고 때로는 심오했다. 그리고 다른 많은 사람의 삶에서 기대할 수 있는 것보다 적어도 지금까지는, 더 흡족한 성과를 거둔 경우가 대부분이었다. 나는 예술가이자 영화인인 예쁜 젊은 여성과 친구가 되었다. 한 일 년 정도 그녀는 모임 내내 스티로폼컵을 갈기갈기 찢었고, 나는 옆에서 줄담배를 피웠다. 사춘기가 될까

말까 한 나이에 알코올이라는 마법의 화염병을 발견했다는 엘리자는 죽을 지경으로 술을 마셔가며 얼마 전 하버드대학을 우등으로 졸업했다고 했다. 우리는 몇 년 동안 케임브리지 AA 모임의 '델마와 루이스'라고 자부하며 앞자리에 나란히 앉았다. 그러다 엘리자가 일 때문에 이사를 갔고, 이제는 뉴욕 사람이 됐다. 엘리자는 강하면서도 안으로는 온화하고 속이 깊은 여성이어서 그녀가 방에 들어서기만 해도 내 혈압이 안정되곤 했다. 그녀 역시 나처럼 우리의 '자비로운 알코올 문제 상담가' 리치를 통해 모임을 찾아온 터라 우리는 오래도록 스스로를 '리치 캐플런 교양학교' 졸업생이라 불렀다. 그곳은 우리에게 위스키 한 병을 한 번에 비우지 않을 방법, 혹은 아예 마시지 않을 방법 같은 세심한 교양을 가르쳐준 학교였다.

전에는 이런 얘기가 끔찍하다고—창피하고 과장되고 슬프다고—생각했었다. 하지만 더는 그렇지 않다. 이제는 그저 인간의 이야기라고 생각한다. 그래서 하기로 결심한 것이다. 지난 수년간 음주에 관해 여러 현명한 말을 듣고도 잊어버렸고, 특히나 리치의 사무실을 처음 찾아간 그 흐릿한 한 시간처럼 지워져버린 것도 있다. 하지만 내가 술을 마셔 알코올중독을 자초했다는 수치심과 두려움에서 헤어나지 못하는 나에게 그날 리치가 말해준 한 가지만은 언제나 기억하고 있다. 뭐가 그리 무섭냐고 물어보는 그에게 나는 흐느끼며 제일 먼저 머리에 떠오른 생각을 말했다. "아무도 다시는 나를 사랑하지 않을까봐 겁나요." 리치는 양손을 마주잡고 만면에 다정한 미소를 지으며 내 쪽으로 몸을 기울였다. "모르고 있었어요?" 그가 상냥하게 말했다. "우리는 그런 결함을 사랑하는 거예요."

5.

술을 끊자 몇 가지 즉각적이고 드라마틱한 효과가 나타났다. 집을 청소하고 날마다 1500미터씩 수영을 했고, 전에 없이 단것이 당겼다. 여러 AA 모임에 참석하고, 밤에 잠이 오지 않을 때는 소설책을 쌓아놓고 읽었다. 지역 문예평론지 편집자로 취직되어 첫 출근을 하던 날, 그곳에서 짙은 음색에 키가 크고 점잖은 매슈를 만나 좋은 친구가 되었다. 매슈는 다시 기회가 주어진다면 내가 살고 싶은 인생을 몸소 보여주는 사람이었다—그와 함께 있으면 장애물 훈련장 같던 세상도 놀이공원이 되었다. 창밖 매스 애비뉴에 눈발이 휘날리는 늦은 저녁까지 매슈와 나는 사무실에 앉아 담배를 태우며 산더미 같은 투고들을 읽었다. 육 개월 뒤 〈보스턴 글로브〉에서 나를 북섹션 팀원으로 채용했다. 편집실에 출근한 첫날 동료들에게 샴페인 한 병을 받았는데, 마음이 너무 조마조마해지는 선물이라 그날 저녁 플루토늄을 운반하듯 술병을 차 트렁크에 싣고는 친구 집에 내려놓고 집으로 갔다. 1985년은 여전히 편집실이 폭음의 산실이라는 명성을 누리기에 충분한 시절이었고, 나는 하루 일과 후에 술을 마시지 않고 마감시한을 지키는 요령을 이제 막 터득해가고 있었다. 하루는 동료에게 원고를 넘긴 다음 어떻게 긴장을 푸는지 물어보았다. "아, 그냥 집에 가서 스카치 몇 잔에 리브륨 한두 알 먹어요." 동료가 대답했다. "저한텐 꽤 효과가 좋아요." 나는 담배에 불을 붙이고, 쓰던 기사를 마무리지은 뒤 AA 모임에 갔다.

자신을 찾아간다는 것. 금주를 시작한 첫해, AA 모임에서 알코올중독의 의미를 매일매일 권태, 자포자기와 타협하는 것이라고 설명하는 어느 여성의 이야기를 들었다. "밖에 나가서는 제 생활을 해요." 그녀가 말했다. "그러다가 저녁에 집에 와서 맥주 여섯 캔을 마시면 그게 다 허사가 돼버려요. 매일 아침 칠판에 빽빽하게 글씨를 써놓고 밤에는 배운 것을 죄다 지워버리는 거죠."

그녀의 이야기는 일종의 만트라이자 설명으로 내 뇌리에 남았다. 알코올이 별세계로 가는 지름길이고 모든 지름길에는 대가가 따른다는 사실을 술을 마시던 시절에는 도저히 몰랐을 것이다. 술은 기분을 풀어줄 뿐 문제를 풀어주지는 못했다. 운수 나쁜 날의 교훈, 기념할 일, 거북이걸음이나마 차츰차츰 쌓여 경험이 되는 과정이 모두 술로 인해 흐릿해져버렸다. 그 긴 세월 동안 술을 마시면서 내가 나에게 입히는 정신적 손상 때문에 미치지 않도록 나는 위스키 빛깔 속임수로 달콤한 신화를 꾸며냈다. 이제는 그런 장치를 모두 내려놓았다. 겁이 나는 상황이지만 한편으로는 헬륨풍선을 날려보내는 것과 좀 비슷하기도 했다. 세상이 그렇게 가벼울 수 있는지, 내적인 추진력만으로 그렇게 날 수 있는지 전에는 짐작도 못했다.

물론 굳이 불속으로 걸어들어가는 내 행동이 하룻밤 사이에 사라지진 않았다. 술을 끊은 지 두 달쯤 되었을 때, 〈글로브 매거진〉에 애틀랜틱시티*의 어두운 이면을 다룬 기사를 제안하고 취재를 하러 갔다. 밤을 새울 기세로 블랙잭을 하며 새벽 세시에 탄산수를 홀짝이고 있는데, 웨이트리스가 도박하는 사람들에게 연신 공짜 술을 권하고 다녔다. AA 모임의 내 멘토는 어리석은 시도라며 미리 경고했지만, 나는 동트기 전 카지노를 떠돌던 만신창이들을 목격하는 것까지 성공하고 멀쩡한 몸으로 집에 돌아왔다. 그뒤 몇 년 새 이런 어리

* 대규모 도박장이 있는 뉴저지 남동부의 휴양도시.

석은 영웅 흉내의 욕구는 시들해졌지만, 내가 알코올중독이라는 사실을 들키는 건 여전히 생각만 해도 두려웠다. 내 마음 한쪽에는 아직도 적당히 술을 즐기는 사람들만 출입할 수 있는 안전하고 황홀한 회원제 술집에 나는 영영 발을 들이지 못하리라는 믿음이 남아 있었다.

알코올중독자에게 이것은 위험하고 그릇된 믿음이다. 물론 우리 모두가 어떤 형태로든 이런 생각을 가지고 있고, 개츠비식으로 표현하면 창으로 새어나오는 불빛은 밖에서 볼 때 항상 더 매혹적이긴 하다. 일반적인 열망의 공식이 그렇다. 나도 간절히 열망하지 않았던가. 버번을, 버번이 등장하는 잡지광고 같은 삶을, 애초 중독에 불을 지폈던 그 황금빛의 덧없는 위안을. 어느 날 밤, 꼭 참석해야 하는 디너파티가 있었다. 우아한 저택, 바가 갖춰진 서재, 매혹적인 대화와 넘치는 와인, 이런 이미지들이 집약된 근사한 파티였다. 술을 마시지 않는 유일한 사람이었던 나는 엄청난 양의 페리에를 축내고서 자정 무렵 차에 올라타자마자 온몸에 맥이 풀렸다. 야심한 시각에도 항상 깨어 있는 심야 DJ 친구에게 울면서 전화를 했다. "그 사람들이 무슨 대수야." 친구가 나를 달랬다. "거기 있던 모든 사람들보다 네가 더 강하고 더 훌륭해." 일 년 전 알코올 없는 삶을 고민하고 있을 때 내 얘기를 참고 세심히 들어준 사람도 이 친구였다. "술을 끊으면 따분하고 늘

안절부절못하고 재미없는 사람이 될 것 같아." 내가 말했다. "글쎄, 그럴지도 모르지." 친구의 어조는 담담했다. "하나는 확실히 알 수 있어, 훨씬 덜 취한 사람이 될 거라는 것."

그리고 얼마 뒤, 훨씬 덜 취한 사람이 되는 것이 내 열망의 대상이 되었다. 나는 술에 절어 있는 사교의 장에서 길을 잃지 않는 법, 그리고 때로는 사교생활 자체를 피해가는 법을 익혔다. 한때는 내게 손짓하던 마법 같은 삶도 시간이 흐를수록 별로 부럽지 않고 오히려 낯설게 보였다. 나에게 일어난 근본적인 변화를 알아차린 것은 어느 날 밤 보스턴 시내에서 한 명사의 방문을 환영하기 위해 모인 자리에서였다. 모임 장소는 리츠칼튼호텔이었고, 다른 참석자—전원 남성이었다—모두 폴란드산 보드카와 더블스카치 같은 독주를 주문했다. 나는 웨이터에게 웃으며 물었다. "생수는 어떤 게 있어요?" 주문을 마친 내게 그날의 초청명사가 조롱하는 눈빛을 던졌다. "술 안 마셔요?" 그가 말했다. "얼마나 지루할까."

"전혀요. 지루하지 않아요." 바로 쏘아붙였다. 탄산수나 마시는 연약한 여자로 남들 눈에 비쳤다는 생각보다 그 남자의 무례함에 도리어 기가 막혔다. 나는 더이상 그 남자든 아니면 누가 됐든, 다른 사람이 어떻게 생각하는지 연연하지 않았다.

캐럴라인과 내가 친해질 즈음 우리는 각자 음주로 인한 고립의 터널에서 꽤 멀찌감치 벗어나 있었다. 이 년 가까이 금주중이던 캐럴라인은 『드링킹』으로 세간에 노출이 된 터라 흔들리지 않으려고 더욱 노력했다. 책의 유명세 때문에 진이 빠질 만큼 황당무계한 일들도 겪었다. 어느 TV 뉴스팀은 바에서 인터뷰를 진행하자면서 카메라를 보고 울어줄 수 있는지 물었다고 한다. 나는 치료 모임 참석과 금주생활을 십 년 넘게 해왔고—우리 둘 다 서른세 살에 술을 끊었다—삶의 방향을 전환하려는 금주 초기의 미숙한 시도들도 또렷이 기억하고 있었다. 하지만 캐럴라인이 세상에 자신을 드러냄으로써 여러 면으로 자신을 지킨 것과 달리, 나는 정반대의 길을 택했다. 가까운 친구들과 가족 외에는 아무에게도 내가 지나온 시간을 말하지 않았다. 캐럴라인의 솔직함에 이끌려 덩달아 비밀을 털어놓고 싶지는 않았기에 우리가 친해질 때까지 몇 달을 기다렸다. 그리고 어느 가을날 오후, 그녀의 거실에 앉아 말을 꺼냈다. "할 얘기가 있어." 캐럴라인이 불안한 표정을 짓길래—내가 무슨 실수를 했나? 싶은 눈치였다—나는 걱정 말라며 웃어주고 말을 이었다. "별로 놀랍지 않을 수도 있겠지만, 나 술을 입에 대지 않은 지 십이 년 됐어."

안도감, 반가운 놀라움, '세상에 이런 인연이'라고 말하는 듯한 미소가 그녀의 얼굴에 피어올랐다. 그리고 몇 달 뒤, 우리는 여러 해 전 파티에서 서로 등이 떠밀려 처음 만났던 날에 대해 이야기를 나눴다. 그녀는 몰랐지만, 그 무렵 나는 이미 몇 년째 금주중이었다. "그때 자기가 얼마나 수줍어했는지 기억난다." 내가 말했다. 당시 내가 탄산수가 든 잔을 들고 있었던 게 맞는데도 그녀는 나에 대한 자신의 기억을 비웃었다. "내 기억으로는," 그녀가 말했다. "이런 여자라면 아마 자기가 원하는 식으로 술을 마시고도 아무 뒤탈이 없겠구나 생각했었어."

첫인상은 그 정도가 전부였다. 이것은 사람에 대한 캐럴라인의 직감이 빗나간 몇 안 되는 경우였다. 알코올에 얽힌 각자의 과거사가 친숙했다면, 변화 가능성에 관해 우리가 공유한 명제는 더 복잡하고 질겼다—삶은 고되고 때로 가장 치열한 싸움은 고독하게 치러야 하지만, 두려움 속으로 걸어들어가 상처를 입고 나올지라도 여전히 숨을 쉴 수 있다는 믿음. 우리는 이것을 공유했다. 우울증 환자의 시각에서 해석한 희망일지언정 이는 신중한 숙고를 통해 얻은 믿음이며, 우리는 진정한 난관에 직면할 때도 일상의 소소한 사건사고를 마주칠 때도 항상 이 믿음을 가슴에 품고 있었다. 캐럴라인은 이십대 후반에 거식증의 물살을 헤쳐나왔고, 나는 처음엔 기어서 나중엔 절뚝거리며 소아마비를 이겨냈다. 그 긴 오르막 덕분에 나는 술을 끊는 데 반드시 필요한 두 가지 자질, 결단

력과 집요함을 기를 수 있었다. 상대방에게서 이런 생존방식을 알아보았기 때문에 캐럴라인과 나는 서로 안전거리를 유지했다—우리는 자신보다 상대에게 관대해지기가 훨씬 쉽다는 것도 여러 해의 경험으로 깨달았다. 캐럴라인이 루실을 데리고 6킬로미터를 걷겠다고 고집하면 내가 절반으로 충분하다고 설득하고, 거꾸로 내가 내리막길에서 무려 16킬로그램이나 되는 커다란 보트를 머리 위로 들겠다고 고집하면 그녀가 보트하우스에 차를 몰고 와 운반을 도와줬다. 우리는 각자 내면에 도사린 고약한 감독관을 '내면의 해병대'라 명명했다. 그렇게 부르니 내가 녹초가 되도록 노를 젓고 그녀가 지칠 때까지 수영을 해도 큰 가책이 들지 않았다. 또 '세라 토닌 Sarah Tonin'*이라는 가상 캐릭터를 만들어 우리의 드라마틱한 자아를 의인화하기도 했다. 우리는 서로에게 상대의 기준을 낮춰줄 권한을 부여했다—바람이 거센 날 내가 보트하우스에서 전화를 걸어 물어보면 그녀가 보트를 타지 말라고 설득하는 식이었다. 이런 관대한 태도는 우리가 선택한 삶에 대해 품고 있던 자기회의에까지 확대되었다. 우리는 둘 다 사람보다 개가 더 편한 침울한 내향성의 소유자라는 사실에 양가감정을 갖고 있었다. 그런데 어느 날 저녁, 캐럴라인이 혼자 부

* 감정조절에 관여하는 신경전달물질 '세로토닌(serotonin)'을 빗댄 이름.

억에서 차를 끓이다가 갑자기 가슴에 행복감이 차올랐단다. 이튿날 아침 그녀가 일종의 고해의 기쁨을 담아 이때의 심경을 들려줬다. "세상에, 나는 명랑한 은둔자야!" 그녀는 큰 소리로 이렇게 말했단다. "그리고 게일은 쾌활한 우울증 환자!"

언제나처럼 캐럴라인은 그날 저녁의 깨달음을 소재로 칼럼을 썼다—그리하여 '명랑한 은둔자'도 그녀의 불안 연대기에 새로운 캐릭터로 이름을 올렸다. "이걸로 칼럼이 될까?" 웃기거나 심오한 대화 중간에 그녀가 불쑥 이렇게 묻는 건 무소부재인 칼럼 속 화자가 글감을 찾아 두리번거린다는 신호였다. 물론 캐럴라인은 주변인의 사생활 보호를 위해 굉장히 에둘러 글을 썼지만, 작가의 친구들이 대개 그렇듯 나 역시 이렇게 이중으로 분석의 대상이 되는 것이 으쓱할 때도, 재미있을 때도 있고 짜증스러울 때도 있었다. 10월 언제쯤인가 아침에 그녀의 보트를 내가 빌려 탔다가 아주 심한 다툼이 일어났다. 춥고 어둑한 찰스강에서 그녀의 스컬보트를 끌어올리다가 발이 미끄러졌고 그 바람에 슬라이딩시트가 보트에서 떼어져 강물에 빠져버린 것이다.

나는 칠칠치 못한 내 행동에 무척 속이 상했다. 시트를 찾으러 더러운 강물로 뛰어들겠다는 나를 캐럴라인이 간신히 만류했다. "루실을 잃어버린 것도 아니잖아"라며 나를 달래기는 했지만 캐럴라인도 화가 났던지라 그녀도 나도 마음이 풀리기까지 며칠이 걸렸다. 내가 배를 두 주 동안이나 쓸 수 없게 만든 것에 그녀는 단단히 골이 났고, 나는 그녀가 화를 내서 화가 났다. 하지만 그뒤의 다툼은 캐럴라인이 나를 다른 인물로 둔갑시키려 한 데서 비롯됐다. 그녀는 이 소동을 소재로 글을 쓰면서—우정과 갈등을 주제로 여성지에 기고한 에세이였다—잃어버린 물건을 금귀고리로 바꿔 넣었다. 물론 귀고리를 빌리는 사람으로 내가 오해받을 일은 생전 가야 없겠지만, 이번에는 내가 기분이 상했다. 글의 공감대를 넓히려고 우리의 도구를 더 시시한 소재와 맞바꾸다니 화가 났다. 우리는 장신구를 빌리는 일이 없었다. 하던 것도 떼고 더이상 걸고 다니지 않았다. 우리는 우리가 만든 우주, 우리의 작은 독립국가의 주인이었다.

나로서는 힘들여 얻은 영토였고, 그래서 나는 이것을 지키는 데 아주 민감했다. 다정한 텍사스 가장의 막내딸인 나는 아버지를 숭배했고, 오이디푸스콤플렉스의 영향으로 아버지에 맞먹는 연애상대를 찾으려 애썼다. 필시 그런 시도에는 늘 실패의 위험이 도사리는 법, 아버지를 흉내내는 동시에 거역하려 들던 반골이었으니 이도 저도 아닌 애매한 결과가 돌아올 수밖에 없었다. 캐럴라인 역시 정신분석학자 아버지라는 압도적인 존재 밑에서 자랐고 남성들과의 관계에서 상처를 받았다. 예외인 한 사람이 모렐리였다. 둘이 헤어져 있던 시기와 겹친 탓에 나는 캐럴라인과 친구가 되고 일 년이 넘도록 그를 만나보지 못했다. 『개와 나』가 출간되던 봄, 우리는 미들섹스펠스 한복판에서 기념파티를 열었다. 언덕 위에서 부드러운 눈빛에 몸가짐이 점잖은 남자가 어깨에 카메라를 걸치고 걸어오는 모습이 보였다. 루실이 뛰어가니 남자가 무릎을 꿇고 앉아 반겨주었다. "오, 이런! 저 사람이 모렐리야?" 내가 물으니 캐럴라인이 애틋함이 담긴 친숙한 미소—어떤 것 같아? 하는 질문으로 해석되는 미소—를 띠며 고개를 끄덕였다. "저 사람이랑 결혼해야겠네." 내가 대답했다. "애들은 저 사람이 키우면 되고."

별생각 없이 나온 내 말에는 많은 진실이 담겨 있었고, 황당하게 들리긴 해도 꼭 그런 것만은 아니었다. 캐럴라인은 수년간 칼럼과 회고록에서 모렐리에 대해 썼다. 유사이별기간에도 그들은 대부분의 헤어진 연인이 할 수도 없고 하지도 않을 방식으로 서로 줄곧 이어져 있었다. 그러니 그녀의 연애사로 미루어 모렐리의 관대함과 자상함이 그녀를 지탱해준 동시에 혼란스럽게 했음은 나도 진작 짐작하고 있었다. 하지만 그날 루실의 반응이며 그가 우리를 대하는 태도에서 나는 또 한 가지를 알게 되었다. 모렐리는 그동안 캐럴라인이 만났던 남자들과 다르고, 특히 그녀를 쥐락펴락했던 애인으로 『드링킹』에 등장하는 줄리언 같은 불쾌한 인물과는 더더욱 달랐다. 우리는 종종 우리가 걸려들지 않은 함정들을 비웃으며 가슴을 쓸어내렸다. 심지어 캐럴라인과 나의 닮은꼴 인생을 보여주는 대표적 사례로, 알고 보니 몇 년 전 우리가 피해간 남자 중에 동일인물이 있었다. 그 남자가 석양을 보여주겠다는 소리를 늘어놓을 때 이미 나는 아니다 싶어 약속을 깬 반면, 캐럴라인은 몇 달 뒤 그와 데이트를 했다가 결국 자기 차와 경비로 그에게 시내구경만 시켜준 꼴이 되었다. 처한 상황이 다르고 나이 차이가 있어 각자 놓인 지점이 달랐을 뿐 우리는 같은 길 위에서 움직였다. 양친을 잇달아 잃고 술을 끊으면서 캐럴라인은 자립이라는 새로운 세계에 발을 들여놓았다. 그리고 내가 그랬듯, 자기 안에 있으리라고 상상하지 못했던 지지와 온기를 개라는 존재가 끌어내준 덕분에 비로소 발견했다. 어느 면에서는 모렐리의 다정함과 끈기가 이런 발견에 걸림돌이 되었을 것이다—그래서 그녀는 한동안 모렐리와 떨어져 있어야 했을지도 모른다. 단, 너무 멀어지지 않을 만큼. 그래서 모렐리는 그녀의 뜻대로 해주었다.

캐럴라인에게 줄리언이 있다면 내게는 샘이 있었다. 내가 한창 그와 헤어지려고 고민중일 때 어느 저녁인가 열패감에 빠져 있던 그가 식탁 너머로 가만히 나를 바라보다가 말했다.

"그거 알아? 때로는 당신의 빛이 좀 지나치게 눈부셔." '너 때문이 아니라 나 때문이다'라는 뻔한 대사를 근사하게 돌려서 하는 말이었다. 잘 쓴 각본 같은 그의 슬픔에서 내가 원한 것을 따로 가려내기까지는 헤어진 뒤에도 몇 달이 걸렸다. 여성운동은 온갖 힘든 시기마다 내 동아줄이 돼주었는데, 원통하게도 이 관계에서만은 배운 것을 별로 적용하지 못했다. 비운의 여주인공을 자처하는 내 의식의 잔재도 문제였다. 전통적인 젠더 논리의 연장선에서 나는 필요를 사랑으로, 사랑을 희생으로 혼동했다. 그 깊은 질곡에서 빠져나와 혼자만의 고요한 삶에 단단히 발을 딛는 과정은 다섯 해 전 술을 끊었을 때처럼 내게 희망과 해방감을 안겨주었다. 겉으로는 인생의 내리막, 혹은 적어도 뒷걸음질처럼 보였을지 모른다. 샘과 헤어지고 몇 년 동안 나는 북적대는 디너파티를(매 순간 멋져 보이려는 부단한 헛수고도) 포기하고 대신 내 개와 함께 집에서 저녁을 보냈다. 이제 나의 관심사는 일과 우정과 내 집에 사는 흰 생명체였고, 이 자산들은 더이상 내게 무엇과 거래할 수 있는 대상이 아니었다.

이런 삶의 교훈—기품과 자율, 그리고 과하게 내주지 않고 누군가를 사랑하는 법에 대한 교훈—이 내게 명확해진 것은 캐럴라인과 개들을 데리고 간 숲속에서였다. 형편없는 관계들 때문에 신뢰가 흔들렸던 우리는 그 숲에서 쓰러진 신뢰를 다시 일으켜세웠고, 미처 깨닫지 못했을 뿐 필요한 수단을 이미 손에 쥐고 있었다. 반려견 훈련은 우리 두 사람 모두에게 보상이 큰 경험이었고 그로부터 얻은 가르침이 우리의 우정 구석구석에까지 스며들었다. 개를 훈련시키는 일은 대부분 본능적인 동시에 인내와 관찰, 상호존중이 결합된 복합적인 활동이다. 캐럴라인과 나는 개들의 행동 교정이나 미묘한 애착관계를 놓고 몇 시간이고 토론이 가능했다. 마음의 눈을 밝히는 심리치료를 수년간 받아온 두 성인 여성이 아니었다면 개와의 의사소통에서 "안 돼"라는 한마디의 다의적인 쓰임새를 익히며 그렇게 보람을 느끼기도 힘들었을 것이다. 우리는 몇 달에 걸친 긴 훈련과 해석의 과정 동안 서로를 북돋웠다. 이전까지 각자의 은밀한 즐거움이었던 일이 이제는 끊임없는 대화가 되었다.

명확히 설명되는 교훈이 있는가 하면 좀더 무의식에 가까운 가르침도 있었다. 클레먼타인이 곁에 있으면 나는 얼마쯤은 내가 보호해야 할 존재가 있다는 이유로 나 자신이 전혀 다른 사람이 되는 느낌이었다. 제 자식의 발을 깔아뭉갠 폭스바겐을 번쩍 들어올렸다는 어느 어머니의 이야기며 그 밖에 사랑의 위력에 관한 아드레날린 넘치는 미담들이 이제는 이해가 되었다. 보살핌과 기력은 하나가 빠지면 다른 하나도 약해진다는 것을 직접 체득해가고 있었다.

처음 이 깨달음을 얻은 것은 클레먼타인이 아직 어리고 약하던 시기, 클레먼타인에게 복종을 가르치려고 흔히 '알파 롤'이라고 알려진 훈련을 하고 있을 때였다—말 안 듣는 강아지들에게 자주 처방하는 이 미심쩍은 훈련법은 개를 드러눕는 자세로 놓고 저항을 멈출 때까지 힘으로 누르는 것이다. 대부분의 강아지는 한두 번 만에 항복하는데, 자기가 우위에 있으려는 기질과 온순한 기질이 고루 있는 클레먼타인한테는 어림도 없었다. 내가 드러눕히면 녀석은 끈질기게 저항했고, 일단 풀려나면 벌떡 일어나 항의하듯 짖어댔다. 나는 나대로 권위를 세울 필요가 있다고 항상 의식해왔기에 물러서지 않았다. 세번째 시도중 녀석의 저항이 계속되는 와중에, 문득 내가 하고 있는 행동이 조감도를 보는 듯 한눈에 파악되었다. 바닥에 웅크려 앉은 내 모습에서 우리 아버지의 모습이 겹쳐 보였다. 딸들의 사춘기에 당황하고 분노하던 아버지. 딸들이 자라면서 관계가 소원해지는 것을 막을 도리가 없던 아버지는 고함과 위협으로 우리의 기를 꺾으려 했지만, 오히려 그로 인해 관계가 더 악화될 뿐이었다.

성인이 되고 나서 언젠가 어머니가 물었다. 반항하는 딸에게 윽박지르는 대신 아버지가 달리 어떤 행동을 할 수 있었겠느냐고. "그냥 나를 얼마나 사랑하는지 말해주셨으면 좋았을걸." 내가 대답했다. "아버지가 그냥, '너는 내 소중한 딸이다, 그래서 스스로를 위험에 몰아넣는 일은 내가 용납할 수 없다'라고 말씀하셨으면 좋았을 거야." 조그맣고 고집 센 내 썰매개를 바닥에 누르던 그 순간, 슬프게도 이 대화가 머리를 스쳤다. 내가 대장이라는 사실을 굳이 반드시 납득시켜야 할까? 나는 녀석보다 열 배나 덩치가 크고 언어와 의식이, 역사가 있는 인간인데—인류는 수천 년 동안 개들을 길들이지 않았던가. 군대가 필요한 상황도 아닌데 나 혼자 훈련장교 행세를 하고 있었다.

내가 세워둔 훈련계획은 그 순간 깨끗이 사라졌다. 이제 막 싹트는 녀석의 기질이 충분히 꽃필 수 있도록 클레먼타인에게 여유를 주기로 했다. 나는 클레먼타인을 누르던 손을 떼고 녀석을 내 어깨에 올려주었다. 녀석은 축제에서 실컷 놀다 집에 업혀 돌아오는 아이처럼 내게 제 몸을 맡겼다. 그 순간 이후로 우리 사이는 모든 게 달라졌다. 내가 어디에서 춤을 추든 녀석은 나를 따라왔다.

미들섹스펠스에서 함께 가을의 하이킹코스를 돌던 어느 오후, 나는 캐럴라인에게 이 이야기를 들려주었다. 그날 우리는 실재하는 삶과 겉으로 보이는 삶에 대해, 타인의 삶을 놓고 우리가 무엇을 가정하고 투영하는지에 대해 이야기를 나눴다. 그녀도 나도 개를 키우지 않는 친구들로부터 너는 숲으로 종적을 감췄다는 투덜거림을 들어야 했지만, 우리의 잔

소리꾼들은 이 새로운 장소가 주는 훌륭한 휴식을, 이 산책이 제공하는 빛깔과 향기와 숭고한 기운을 알지 못했다. 조심스러운 태도를 좀체 벗어던지지 못하던 캐럴라인이 이제 숲에서는 일말의 거리낌도 없이 개들과 엉겨붙어 깔깔거리며 땅바닥을 굴러다녔다. 클레먼타인과 나는 목줄을 풀고 10미터 거리에서 수신호를 사용해 '앉아-기다려' 훈련을 하고 있었다. 녀석은 몇 초 만에 낑낑대다가 '기다려'를 어기고 나를 향해 내달렸다. 넷이서 한 묶음이 된 우리는 새로이 배열된 우리 삶의 구역 곳곳에 깃발을 세우고 다녔다. 우리가 소중히 여기는 많은 가치가 그 숲에서, 우리 둘과 개들이 함께 쌓아가던 시간 속에서 구체화되고 있었다. 그리고 그 화창한 날이 저물 무렵, 나는 캐럴라인을 바라보며 말했다. "있잖아—이만큼 오고 보니까 다시는 어떤 남자도 나를 함부로 대하지 못할 것 같아."

타인의 너그러운 배려로 충만한 인생을 산 사람들은 애착관계 자체를 복잡하지만 당연한 것으로 여긴다. 내향적인 사람에게 이것은 더 막연한 영역이다. 내가 사람들과의 상호작용에서 감정표현에 적극적이고 활발할 수 있었던 것은 끝이 언제 어떻게 날지, 하루의 끝, 파티의 끝, 산책의 끝, 관계의 끝이 어떨지 알았기 때문이다. 술을 마시던 시절에는 버번이 소울메이트이자 변치 않는 애인으로 등뒤에 버티고 있었으므로 다른 사람들을 피하거나 뿌리쳐야 했다. 하지만 벽돌담이든 고립의 담이든 이미 쌓은 담은 마땅한 수고 없이는 허물어지지 않는다. 캐럴라인과 나는 우리도 모르는 사이에 서로를 밝은 바깥으로 나오도록 이끌었다. 서두르지 않고 상대방의 자율을 분명히 배려한 덕분에 우리는 주춤거리며 서로에게서 물러설 필요가 없었다.

돌이켜 생각하면, 친구가 되던 첫 한 해 동안 우리는 서로를 경계하던 단계에서 매일 붙어 다닐 만큼 편안해지기까지 아주 조금씩 신뢰를 쌓아갔고, 그 과정의 많은 부분이 지금 보니 신중하고 심지어 말이 오가지 않는 교환과도 같았다. 나는 캐럴라인의 거식증 전력을 알고 있었고, 숲에서 길게 이동할 때면 주머니에서 통밀크래커 두 개를 꺼내 그녀를 쳐다보지도 않고 그저 무심히 하나를 건넸다. 예의바른 그녀가 거절하지 못하리라는 것을 반쯤은 의식하고 있었을 것이다. 두 사람 모두 몸이 마른 편이어서 내가 먹을 것을 권해도 살이 찔 것 같다는 불안한 심리가 비교적 자극을 받지 않았다. 나는 차츰 작은 초콜릿 조각들도 내 비밀스러운 간식 꾸러미에 슬쩍 얹기 시작했다. 당시에는 분명히 설명할 수 없었고 어쩌면 인식조차도 못했겠지만, 지금은 이 행동이 서로에게 어떤 원초적인 즐거움을 주었는지 가슴으로 느낀다. 캐럴라인은 무언가를 거부하고 통제하는 가혹한 내면의 목소리와 수년간 싸움을 치렀다. 그런 그녀가 내가 내미는 먹을 것을—처음에는 마지못해, 그러다 차츰 안도하며—받아들이고 있었다. 나는 나대로 남이 내게 지나치게 의존할까봐 오래 겁을 낸 사람이었다. 그런데 지금은 견과류와 베리류를 찾아다니고 내가 아끼는 생명체에게 가져다 나르고 있었다.

우리는 자연스레 서로에게 기대게 됐다. 텍사스에서 마음에 드는 스웨터가 눈에 띄면 나는 이제 두 개씩 사올 줄도 알았다. 하나만 사들고 돌아와 캐럴라인이 실망하는 얼굴을 보느니 두 개를 사오는 게 속이 편했다. 캐럴라인은 바람이 심한 날 보트하우스에서 배를 끌고 나갈 때면 내게 미리 자기 스케줄을 알려주었다. 배가 뒤집히거나 노에 머리를 맞아 루실 혼자 집에 남는 최악의 시나리오에 대한 불안감을 달래는 방책이었다. 나는 아직도 캐럴라인의 집 열쇠를 가지고 있다. 그 열쇠로 열 자물쇠와 문은 이제 없지만, 내 차 글러브박스에 열쇠는 그대로 들어 있다. 지난 몇 년간 이 차에서 저 차로 옮겨다녔을 뿐. 언젠가는 이 열쇠도 찰스강에 던질 생각이다. 내가 빠뜨린 그녀의 보트시트와 다른 많은 것이 그곳에 있으니.

"지금 뭐해?" 글 쓰는 시간이 끝나고 아직 산책시간은 되기 전인 이른 오후, 나는 전화를 걸어 묻곤 했다. "전화 기다리고 있었지." 반쯤 농담처럼 그녀의 대답이 떨어지면, 우리는 수다로 뛰어들었다. 조간신문 기사(각자 두 종류씩), 로잉과 수영 기록(강에서 8킬로미터, 수영장에서 1500미터), 하루의 끝에서 끝까지 '스물네 시간' 사이의 사건사고 일지까지. 통화를 마치고 해가 지기 전에 물가에서 만나면 캐럴라인은 내 팔에 팔짱을 끼고 물었다. "그래서어어……?" 그럼 우리는 저수지를 한 바퀴 돌며 끝없는 대화의 또다른 문장을 시작했다. 낡은 규범에 따르면 모름지기 남자는 운동, 여자는 수다였다. 그러나 캐럴라인과 나는 두 가지 모두를 연마했고, 물에서 그리고 뭍에서 함께 이동한 거리가 길어질수록 우리가 디딘 내면의 땅도 단단히 다져졌음을 알았다. 그렇다 하더라도 나는 지금 깊은 유대와 일상 속에서 피어난 우정에 대해 글을 쓴다는 것이 공기를 붙잡으려는 시도와 모든 면에서 닮아 있음을 깨닫는다. 우리의 결합에는 일상의 묵묵함과 종요로움이 함께 있었다. 장미에게 자리를 내주는 격자 울타리처럼.

6.

공존의 가능 여부가 반은 운에, 반은 노력에 달렸다면, 우리가 따로 또 같이 갔던 여름휴가들은 우리의 투지를 시험할 기회였다. 그중 몇 번인가는 여름휴가로 시작해서 구출작전으로 끝이 났다. 내가 비 오는 트루로에서 두 주째 비참한 휴가를 보내고 있을 때 캐럴라인은 〈소프라노스〉* 비디오테이프와 단골가게 포마지오의 브레드푸딩을 들고 나타나 나를 구해주었다. 한 달 뒤, 그녀와 모렐리가 기상악화로 뉴햄프셔에 발이 묶여 있을 때는 내가 〈서바이버〉**—캐럴라인의 은

---

* 마피아 보스 집안의 이야기를 다룬 미국 드라마.

** 벽지에서 경쟁을 통해 최후까지 살아남는 1인이 상금을 차지하는 리얼리티쇼.

밀한 즐거움이었다—테이프를 속달로 보내 은혜를 갚았다. 어느 해인가 캐럴라인과 톰이 하루이틀 먼저 초코루아에 갔을 때는 그녀가 케임브리지에 있는 내게 전화를 걸어 예정보다 하루 일찍 와달라고 애원했다. "자기가 얼른 와야 돼." 그녀가 소곤거렸다. "저 남자가 오늘 나한테 15킬로미터나 하이킹을 시키더라. 꼼짝도 못하겠어."

캐럴라인의 한계가 어디까지인지 톰은 영영 모르는 게 나았다. 그 전해 팔씨름에서도 그녀가 톰을 납작 누르다시피 했으니 말이다. 적어도 하이킹을 할 때는 내가 더 편한 파트너였다. 우리 둘은 침묵이 흐르는 공간에 나란히 걸을 수 있는 길만 있어도 충분하다는 걸 이미 알고 있었다. 친구가 되고 얼마 뒤, 우리는 마서스비니어드섬* 게이헤드에 있는 캐럴라인의 가족별장으로 3월 말쯤 함께 여행을 갔다. 별장이 위치한 섬의 끄트머리는 한여름에도 황량한 곳이라 초봄치고는 춥고 스산했다. 고생스러운 여행이었다. 별장 주위의 습지에 새로 부화한 진드기떼가 우글거려서 개들이 한바탕 뛰고 풀숲에서 나타나면 몸에 까만 양귀비 씨앗을 뿌려놓은 것 같았다. 캐럴라인과 나는 도톰한 운동복으로 몸을 꽁꽁 싸맨 채 솔과 소독용 알코올로 무장하고 어둑어둑해지는 마룻바닥에

* 매사추세츠주의 고급 휴양지.

앉아 개들 털을 빗질해서 수십 마리씩 진드기를 잡았다. 이틀 내리 비가 온 뒤 나는 밀실공포증이 극에 달해 32킬로미터를 운전해서 섬 반대편에 있는 호텔 수영장으로 수영을 하러 갔다. 내가 없는 동안 캐럴라인은 그 공간에 간직된 추억들로 마음이 심란해져 모렐리와 오래도록 통화를 했다. 별장에 문단속을 하고 페리를 타러 비니어드헤이븐을 향할 무렵에는 둘 다 너무 지쳐 흥을 낼 기운도 없었다. 출발 한 시간 전, 우리는 그곳 생활의 일부인 기나긴 페리 대기행렬에 차를 대고 떠나기 전까지 개들과 함께 주차장을 어슬렁거리려고 차에서 내렸다.

그때 길 건너 산책로에 앉은 누군가의 옆모습을 보고 나는 심장이 튀어나올 뻔했다. 벤치에 앉아 〈뉴욕 타임스〉를 읽고 있는 남자는 틀림없이 오 년 전 헤어진 샘이었다—그때 낯선 공항에서 헤어진 뒤로 나는 한 번도 그의 편지에 답장하지 않았고 그를 만난 일도 없었다. "어떡해, 캐럴라인." 내가 말했다. "저기 샘이 있어." 캐럴라인은 그와 얽힌 괴로운 이야기를 죄다 알았고 그가 이 섬에서 시간을 많이 보낸다는 사실 또한 알고 있었다. 그를 마주칠지 모르는 이 상황이 내게 얼마나 달갑지 않은지도 한눈에 알아차렸다.

"개들 데리고 있어." 불쑥 이 말과 함께 그녀가 루실의 목줄을 건넸다. "겁먹지 마. 내가 알아서 할게." 캐럴라인의 동작이 너무 빨라 뭐라 대꾸할 틈도 없었다. 벤치에 앉은 남자를 향해 그녀가 성큼성큼 걸어가는 동안 나는 그저 그 자리에서 있었다. 남자와의 거리가 10미터쯤 남았을 때 그녀가 큰 소리로 그의 이름을 불렀다—남자의 뒤쪽으로 있지도 않은 사람을 향해 손을 흔들며 웃기까지. 그녀의 행동에는 이런 가정이 깔려 있었다. 만일 이 남자가 샘이라면 자기 이름을 듣고 움찔할 테니 그 반응으로 그가 맞는다는 것을 대번에 알 수 있을 것이고, 만일 내가 잘못 본 것이면 그는 그녀를 무시할 테니 앞으로 두 시간 동안 과거의 유령을 피해다닐 필요가 없다는 것이다.

남자는 그녀에게 눈길을 주는 둥 마는 둥 하고 다시 신문으로 눈을 돌렸다. 하지만 다른 사람들은 아니었다—아무도 마주 인사하는 사람이 없는데 캐럴라인 혼자 큰 소리로 인사하고 손을 흔들어댔으니, 족히 육칠십 명쯤 되는 관중의 눈길이 그녀에게 쏠릴밖에. 이 여성으로 말하자면 수줍음이 심해서 어떤 이유로든 주목받는 상황을 견디지 못하는 사람이었다. 그런 그녀가 나를 안심시키려고 남들 앞에서 자기를 웃음거리로 만들고 배가 아플 정도로 나를 웃게 만든 것이다. 그 순간, 나는 그 어느 때보다 더 그녀에게 반했다. 캐럴라인은 내가 서 있던 곳으로 씩씩하게 걸어왔다. 자기 익살이 나를 웃겨서 뿌듯하고 흡족한 얼굴이었다. "저 남자 백 살은 돼

보이던데." 그녀는 이렇게 말하며 어깨를 으쓱하고는 루실의 목줄을 잡고 담배에 불을 붙였다.

그놈의 담배. 담배 얘기는 빼놓고 싶지만, 그럴 수가 없다. 내가 마서스비니어드 여행에서 알게 된 것 중 하나는 매일 캐럴라인에게 〈뉴욕 타임스〉 십자말풀이 맞출 시간을 줘야 한다는 사실이었다—주 후반으로 갈수록, 또 퍼즐이 어려워질수록 그녀는 이 불가결한 시간에 완벽한 침묵을 요구했다. 혹시 집중을 방해했다가는 누구라도 떠들던 입을 다물지 않을 수 없을 만큼 싸늘한 멸시의 눈초리가 날아왔다. 함께 있을 때 내가 내세우는 규칙도 까다롭기는 마찬가지였다. 함께하는 자동차 여행길에서 그녀는 세 시간을 니코틴껌으로 버텨냈다. 내가 그녀의 흡연을 이해하고 그녀가 흡연에 대한 내 반감을 참아준다는 건 우리가 서로에게 본능적인 애정을 느낀다는 증거였다. 당시 나는 담배를 끊고 싶다고 수년간 생각한 끝에 간신히 실행에 옮긴 금연 사 년 차였다. 그래서 끊고 싶은 욕구를 키워주는 게 어떤 위협이나 협박보다 훨씬 효과적임을 잘 알고 있었다.

하지만 항상 이런 평정이 유지되지는 않았다. 캐럴라인과 가까워질수록 점점 그녀의 흡연을 참아주기가 힘들었다. 담배를 끊도록 애쓰라고 압박하는 내게 그녀는 그만하라 했지만, 나로서는 그럴 수가 없어서 급기야 하루는 통화를 하다 고함을 질러댔다. 그때 뱉은 말을 떠올리면 지금도 가슴이 아프다. "자기가 나보다 여덟 살이나 어린데," 나는 소리를 질렀다. "내가 자기 장례를 치러야겠느냐고!"

나 혼자만의 걱정은 아니었다. 캐럴라인의 어머니도 눈을 감기 전에 딸에게 담배를 끊으라는 간곡한 부탁을 남겼다. 캐럴라인은 언니 베카와 내가 합동으로 덤비면 자기는 상대가 안 된다고 여러 번 말했다—우리 두 사람이 압박하면 결국은 담배를 끊지 않을 수 없으리란 걸 그녀도 알았다. 하지만 수십 년간 하루에 세 갑씩 피우던 습관을 버리지 못한 우리 아버지처럼 그녀도 담배를 사랑했다. 나는 아버지의 커피 냄새와 캐멀 담배 냄새에서 안정감을 느끼며 자랐고, 이런 애착에 욕망과 독이 뒤얽힐 수 있음을 모르지 않았다. 캐럴라인의 경우를 포함해서 대부분의 중독은 복잡하면서도 예측이 가능하다. 영원한 공범인 우리 뇌가 갈망을 하나의 내러티브로 발전시켜 담배나 버번이나 집착하는 관계를 우리의 가이드로프로, 그것을 붙잡고 하루를 헤쳐나갈 길잡이로 만드는 것이다. 캐럴라인은 담배 없이는 글을 쓸 수 없다고, 담배 없는 세상이라는 거대한 동굴 속에서는 단 하룻밤, 아니 단 한 시간도 견딜 수 없다고 믿었다. 그녀는 니코틴껌도 시도해보고 흡연자의 폐 사진을 뚫어져라 보기도 하고 니코틴중독 입원 치료시설도 찾아보았다. 그리고 담배를 끊을 수밖에 없는 상황이 닥치기 직전에, 마침내 자기 힘으로 담배를 끊는 데 성공했다.

담배는 우리 사이에서 다툼의 원인이라기보다 공통된 고민거리였다. 캐럴라인과 내가 우리 인생에서 가장 안온한 시간을 함께 보낼 수 있었던 것은 이 우정의 근간에 우리가 함께 견딘 거친 여정들이 있었기 때문이다. 처음 하버드대학 운동장을 찾았던 그 겨울 오후 이후로, "어떻게 하지—나는 자기가 필요해"라는 말은 일종의 고백이자 분명한 메시지였다—우정의 씨실이 되어줄 의존 선언이랄까. 숲에서, 그리고 강에서 보내는 나날이 끝없이 이어지리라고 믿기 위해서도 우리는 서로가 필요했다. 그러나 진정 필요로 하는 마음이 확고해진 것은 우리가 용기를 내어 서로에게 내보인 더 슬프고 힘든 순간들—의견 충돌이나 무력감 혹은 두려움—덕분이었다.

이런 껄끄러움과 불편함이 실은 관계의 친밀함을 나타내는 지표이지 그 반대가 아님을 이해하기까지 나는 몇 년이 걸렸다. 우리는 처음부터 정정당당히 제대로 싸우는 법을 배웠다. 언젠가 우리가 정면으로 충돌하는 장면을 목격한 톰은 책을 들고 위층으로 향했다. "나는 여자형제들이랑 같이 컸어.” 그가 물러가며 말했다. “이 상황이 어떻게 흘러갈지 잘 알지.” 우리는 서로에게 상처를 입힐 수 있는 막강한 힘이 있었지만, 이 힘이 무기가 될 수 있음을 인정하고 절대 휘두르지 않도록 노력했다. 담배 말고는 달리 중요한 일로 싸운 적이 있는지 모르겠다. 우리 둘 다 거만하고 퉁명스럽고 과민하게 굴 때가 있었지만, 서로의 이런 기질을 금방 용서했기 때문에 크게 다툴 일은 없었다.

서로에 대한 신뢰 덕분에 우리는 어떤 문제든 핵심에 곧장 도달할 수 있었다. 내가 우울증 환자의 비좁고 컴컴한 세계관으로 침잠할 때면 그 증상이 우스우면서도 처치 가능한 방식으로 발현된다는 걸 캐럴라인은 알고 있었다. 수년간 릴리안이라는 귀엽고 젊은 과테말라 여성이 격주에 한 번씩 우리집을 청소해주었다. 클레먼타인을 예뻐하던 릴리안은 자주 이런 말을 했다. “오오, 언젠간 얘를 데리고 가버려야지!” 어느 날 오후, 릴리안이 돌아간 뒤였다. 한창 인생의 자잘한 배신에 두드려맞은 심정이었던 나는 갑자기 릴리안의 말이 진심이라는 확신이 들었다. 어미의 본능적인 불안감이 발동해 캐럴라인에게 전화를 걸었다. 물론 캐럴라인은 릴리안이라는 사람도, 릴리안의 귀엽고 짓궂은 성향도 잘 알았다. “진심으로 한 말일까?” 내가 물었다. “그러니까 내 말은, 진짜로 얘를 데려갈 것 같아?” 그날은 친절하게—웃지도 않고 놀리지도 않고—받아주었지만, 그뒤 몇 년간 내가 세상과 세상에 잠재된 해악을 삐딱하게 보기 시작할 때마다 캐럴라인은 그저 단 한 줄의 침착한 진단으로 내 현실감을 돌려놓았다. "릴리안이 또 개를 훔치려 하나보네."

이런 그날그날의 사건을 우리는 서로에게 털어놓았고, 그렇게 표현을 하는 것만으로도 대수롭지 않게 넘길 수 있었다. 한번은 음식을 하나씩 준비해가는 저녁모임을 앞두고 캐럴라인이 안절부절못하며 전화를 했다. 숫기가 너무 없는 그녀는 며칠을 이 일로 전전긍긍했다. 나는 참석만 하고 일찍 빠져나오라고 말해줬고, 그날 그녀는 간신히 십일 분을 버텼다. 내가 빈둥댈 때는 그녀가 나를 몰아쳐주었고, 그녀가 과하게 능률을 추구하다 곤란에 처할 때, 가령 주차장에 급하게 진입하다 보트캐리어가 차에서 떨어질 뻔한 날에는 내가 그녀를 위로했다. 우리는 각자의 강점에 따라 영역을 나눴다. 나는 컴퓨터와 수의학 관련 일을 잘했고, 캐럴라인은 집수리와 체력을 요하는 일을 담당했다. 정신과 영혼에 관한 일이라면 우리는 서로를 어떻게 다뤄야 할지 잘 알았다. 그래도 수용의 폭이나 외교술은 캐럴라인이 나보다 나았다.

우리는 내심 모든 사람을 개의 품종으로 나눌 수 있다고 생각했는데, 아주 우스갯소리만은 아니었다. 캐럴라인은 거만하거나 허세부리는 사람을 보면 "세상에, 저 사람은 누가 봐도 애프리콧푸들이야"라거나, 시끄러운 여자를 보면 나지막하게 "비글이네"라고 말하곤 했다. 어느 오후, 산책 도중에 우리의 이런 대화를 듣고 모렐리가 우뚝 걸음을 멈췄다. 처음에는 재미있어했지만 차츰 믿기 어렵다는 눈치였다. "두 사람 정말 진지한가보네?" 우리 사이에서 이 분류법은 성격을 나타내는 일종의 암호였다. 그러니 누구든 우리의 레이더망 안으로 들어오면 어느 품종에 해당될까 하는 질문을 비켜갈 수 없었다. 우리는 모렐리를 초콜릿래브라도(넓은 아량과 유머감각)로 정하고 흡족해했다. 내 판단에 캐럴라인은 콜리(영리함과 예민함과 충직함)였는데, 내가 어디에 속하는지는 둘이 몇 년째 고민하고 있었다. 마침내 어느 날 산책 초입에 캐럴라인이 이제 파악이 끝났다고 선언했다.

"자기가 어느 품종인지 결정했어." 담담한 확신이 실린 말투였다. 나는 침을 꿀꺽 삼켰다. 그만큼 중요한 사안이었다. 그녀는 잠시 뜸을 들이다가 판정을 발표했다. "젊은 저먼셰퍼드 암컷."

"어어—그런데……" 나는 어리둥절하고 조금 당황스러웠다. "정말 멋진 개지." 내가 말했다. "영리하고 다 좋아. 하지만 너무 진지해. 게다가 몰이견이라—두목 행세도 하고, 다른 개들 진을 빼놓잖아."

그녀가 미소로 답했다. "그래, 그래서 젊은 암컷이라고 한 거야." 그리고 덧붙였다. "조금 순화하는 의미로."

7.

혼자, 그리고 같이 키워간 경쟁심은 우리에게 방해물이라기보다 즐거움이었다. 우리는 경쟁의식을 밝은 곳으로 끌고 나와 길들이려 노력했다. 매번 수영할 때마다 나는 될 수 있으면 남자로 나보다 빠른 상대를 골라 아무것도 모르는 그 사람 가까운 레인에 자리를 잡았다. 그러고는 삼십 분 동안 그 상대를 따라잡으려고 열심히 이 끝에서 저 끝으로 오갔다. 캐럴라인은 매년 HOCR 대회*가 끝난 10월이면 혼자 강에 나가 5킬로미터 코스를 주파하고 기록을 재서 자기 연령대와 체급에서 자기가 어느 수준에 속하는지 확인했다. 그녀에게

* Head of the Charles Regatta. 해마다 찰스강에서 열리는 유서 깊은 로잉대회.

경주 자체는 신경이 너무 곤두서는 일이라 공개적인 경쟁은 내켜하지 않았다. 나처럼 그녀도 익명의 최적 기준치를 정하고 거기에 도전했다.

캐럴라인은 자라면서 언니와 겹치는 영역은 각자 몫을 분배해서 처리했다고 입버릇처럼 말했다. "수학과 과학은 베카가 맡고, 영어와 역사는 내가 맡았다"고 했는데, 캐럴라인과 나도 집필활동에서 비슷하게 서로 분야를 나눴다. 우리는 운동이라는 더 안전한 영역에서 경쟁심을 승화시킨 덕분에 직업에서는 서로를 북돋울 여유가 있었다. 우리끼리의 암묵적 규정상 캐럴라인은 칼럼니스트였고 나는 비평가였다. 그녀는 개인적이고 심리적인 주제의 글을 쓰고 나는 분석과 해석을 담당했다. 내가 연장자라는 점과 둘 다 각자의 일을 사랑하고 그만큼 보상을 받았다는 사실도 도움이 되었다. 각자의 일을 충분히 잘해내고 있었기 때문에 대체로 확실하게 상대의 승리에 갈채를 보낼 수 있었을 것이다.

둘 중 한쪽이 명백하게 우월할 때는 오히려 상대의 부담이 줄어들었다—'내면의 해병대'가 받는 압박이 덜어진 것이다. 로잉에선 언제나 자기가 나보다 나을 거야, 라고 어느 여름엔가 그녀에게 말하며 나는 안도감을 느꼈다. 이 말은 내가 실제로 긴장을 풀고 그녀가 이끄는 대로 따를 수 있다는 뜻이었다. 그러니 로잉이라는 공동의 낙원에서 우리는 경쟁과 상관없이 마음껏 노력하고 승리감을 맛볼 수 있었다. 물위에서 캐럴라인의 우아한 기량은 수년간의 수고를 보여주는 증거였고, 그녀는 이런 성취에 당당한 자부심을 느꼈다. 어느 아침 전설적인 노잡이이자 하버드대학팀 코치 해리 파커가 로잉중인 캐럴라인을 발견하고 자기 아마추어 선수들 앞에서 그녀에게 엄지를 치켜 보이더니 스트로크 시범을 부탁한 일은 인생의 묘미 같은 순간들 중 하나다. 강이 얼어붙는 고적하고 기나긴 동절기에 접어들면 캐럴라인은 실내체육관으로 물러나 가슴에 5킬로그램짜리 쇳덩이를 얹고 복근운동을 했다. 그녀보다 체력은 약해도 열성은 과히 뒤지지 않는 나는 캐럴라인이 프레시폰드 아스팔트길에서 보여준 동작을 따라하겠다고 부엌 바닥에서 쟁기자세(허리 꺾기 곡예)를 해보다가 하마터면 죽을 뻔했다. 로잉 비수기에는 나도 대형 피트니스센터에 다녔고, 웨이트트레이닝을 하는 남자들의 영장류 울음소리를 들으며 실내 로잉머신에서 간신히 삼십 분씩 버텼다. 얼음 덮인 1월의 산길을 같이 걷다가 우리가 할 수 있는 동계스포츠가 뭐가 있을까, 가령 루지*를 시작하기에는 너무 늦은 나이일까 공상을 해보기도 했다. 뉴잉글랜드의 변덕스러운 봄이 올 무렵이면 우리는 성난 말처럼 앞발로 흙바

* 썰매에 누운 자세로 올라타 얼음트랙을 활주하는 운동.

닥을 긁어대고 있었다. 춥고 바람 부는 3월에 강물을 철벅대는 건 힘이 빠지다못해 한심한 노릇이 될 수 있음을 모르지 않아서였다.

그러나 초코루아에서 캐럴라인이 그 불꽃을 보여준 첫해 여름으로부터 일 년이 채 지나지 않아 나는 세상에 나쁜 로잉이란 없다는 사실 또한 알게 되었다. 로잉이 열어준 세상은 하루하루가 다르고 강렬해서 우리는 2월이든 8월이든 기대에 부풀어 달력에 열성적으로 로잉 일정을 표시했다. 내가 처음으로 강에서 온전히 한 시즌을 보낼 때부터 캐럴라인은 오래전 자신이 겪은 과정을 기분좋게 떠올리며 내 넘치는 의욕을 기꺼이 받아주었다. 수면상태가 완벽한—거울처럼 잔잔한—날은 만사를 제쳐두고(그것이 치과 예약이든 저녁 약속이든) 보트를 타러 갔다. 나는 주로 이른 저녁, 야생동물도 쉬러 가고 현란하게 빛나던 수평선이 모네의 황혼으로 바뀌는 시간에 강에 나갔다가 황금색 빛을 받으며 다시 선착장으로 노를 저었고, 그때쯤 다른 보트들은 반딧불이처럼 물위를 오가곤 했다.

집요한 노력과 강한 상체가 내 약한 다리를 보완해준 덕분에 두 시즌 만에 꽤 쓸 만한 스트로크가 가능해졌다. 나는 하루가 다르게 더 강해지고 더 빨라지고 더 신이 났다. 비바람을 안고 물에 나갔다가 지치고 차분해진 상태로 돌아왔다. 캐럴라인은 강과 나의 관계가 송두리째 달라질 거라며 운전에 주의하라고 미리 경고했었다—찰스강은 메모리얼 드라이브를 따라 굽이져 있는 탓에 수면상태를 보느라 목을 빼고 있다가는 마주 오는 차량을 놓치기 십상이라고. "강이 자기 인생에서 하나의 인격이 될 거야." 캐럴라인이 말했다. "자기의 하루에 얼마나 큰 영향을 미치는지, 아마 깜짝 놀랄걸."

가을쯤, 뭍에서는 대부분 분간하기 힘든 강 일대 생태계의 정밀한 파악이 거의 끝났다. 나는 특징적인 지형지물을 마주칠 때마다 그것을 기준으로 머릿속에 주행거리를 기록하기 시작했다. 강굽이에는 매일 아침 백파이프를—주로 미 해병대 군가인 〈몬테수마 궁전〉을, 운이 좋으면 〈어메이징 그레이스〉를—연주하는 남자가 있었고, 약 500미터 상류에서 사향쥐는 어찌나 꼬박꼬박 나타나는지 나를 도와주려고 그런다는 생각까지 들었다. (점잖지 못하게도 강 끄트머리 나무가 우거진 곳에서 로잉하는 여자들 앞에 출몰하는 노출증 환자도 있었는데, 이 사람에 대해서는 캐럴라인이 미리 경고해주었다.) 무엇보다 둥글게 휘어진 물길과 강의 형세가 있었고, 거기 어딘가에 내 자리가 있었다. 9월이 되니 봄에 태어난 새끼 거위들이 혼자 물에 뛰어드는 법을 익혔고, 푸르던 강가 습지는 골드로즈 빛깔로 바뀌었다. 이 모두가 아름다움이 머무르며 변화하는 시공간의 팔레트가 되었다.

나는 대개 상류를 향하는 캐럴라인의 뒷모습을 보았다. 금발 포니테일, 무용가 같은 등, 정확하고도 유연한 스트로크. (캐럴라인은 내가 부르기 전에는 나를 절대 못 봤고, 그나마도 실눈으로 찌푸려야 볼 수 있었다. 안경을 써야 하는데 쓰기 싫어해서 안경은 그녀의 차 글러브박스 밖으로 나오질 못했다.) HOCR 대회의 너른 직선코스 결승선 근처에서 그녀를 만나는 날들도 있었다. 캐럴라인은 노깃을 직각으로 세워 보트를 멈추는 동시에 시간을 확인했고, 때로는 남들 눈을 피해 시계를 보았다. 그녀는 가장 살살 노를 저었을 때도 시간을 쟀다. 그러고 나선 내 스트로크를 지켜보고 며칠 동안 숙제가 될 지침을 내려주었다. "리커버리 때는 복근을 이용해" 같은 말들. "자꾸 뒤를 돌아보지 마. 아무도 없어. 노깃을 눕히기 전에 엄지를 사용해!" 가르침의 내용만이 아니라 이런 언어에도 나는 가슴이 설레었다.

내가 마흔아홉 살, 캐럴라인이 곧 마흔한 살이 되는 2000년 여름, 우리는 꿈을 이룰 마지막 기회가 왔다고 생각했다. HOCR 대회 사십대 여성 부문 더블스컬 경기에 참가하기로 한 것이다. 사실은 참가자 두 명의 평균연령이 사십 세 이상이기만 하면 지원할 수 있는데 우리가 규정을 오해하고 있었다. 어찌됐든 이미 환상은 확고부동했고 덕분에 우리에게는 그 시즌의 임무가 생겼다. 이것은 우리 둘 다 진심으로 즐기는 목표였으므로, 끝없이 서로 논의해가며 필요한 훈련을 우리 일과에 기꺼이 포함시킬 수 있었다. 두 사람 다 60킬로그램 미만 체급인 데서 착안해 팀명은 '리터러리 라이트웨이츠'*로 정했다—경기장에 소소한 웃음을 줄 수도 있고, 혹시 기업 한두 곳에서 후원이라도 들어오면 좋겠다고 생각했다. 오래전부터 캐럴라인이 경주에 참가해 기량을 발휘하기를 바랐던 모렐리는 우리를 위해 가슴에 조그만 노잡이가 그려진 티셔츠를 맞춰주었고, 우리가 훈련하는 동안 다리에 매달려 사진도 찍어주겠다고 했다. 내가 스트로크를 하는 동안 기량이 더 뛰어난 캐럴라인이 방향을 잡을 텐데, 이 말은 캐럴라인이 나한테 맞춰 속도를 늦춰야 한다는 뜻이었다.

그녀는 이 불리한 조건에 개의치 않았지만 내게는 엄청나게 중요한 문제였다. 나는 복근운동과 다리근력운동을 훈련에 추가하고, 물에서 전력질주 후에 맥박을 체크하기 시작했다. 그리고 쉴새없이 캐럴라인에게 진행상황을 보고했다. 스트로크 횟수, 맥박수, 기술적인 향상이나 심리적인 진척까지. 그녀는 나의 외고집을 참아주고 가능하면 나를 달래주었다. "내가 결국 실망시키면 어쩌지." 어느 날 내가 아주 심각하게 말을 꺼냈다. 상시 대기중인 저먼셰퍼드 기질이 발동해 나는

* Literary Lightweights. 경량급 문인들.

가볍게 시작한 모험을 이미 엄청나게 묵직한 도전으로 여기고 있었다.

“자기랑 재미있게 할 수 있는 게 아니면 난 안 할래.” 캐럴라인의 대답에 내 촉각이 곤두섰다. 우리 둘에게 ‘재미’라는 개념은 좀 막연한 것이었고, 캐럴라인의 상담치료사는 항상 그녀에게 이 개념을 주입하려고 애를 썼다. 재미는 열의보다 감을 잡기가 훨씬 어려웠다. 그렇지만 그날 나는 그녀의 말을 듣고 가슴속 불길을 다독이려고 노력했고, 결국에는 규칙적인 훈련 자체를 목적으로 삼았다.

그해 우리는 우리 부문의 출전권을 따내지 못했다. 대회 첫 참가자들은 제비뽑기로 출전을 결정한 탓이다. 둘 다 오히려 마음이 홀가분했던 데에는 두 가지 이유가 있었을 것이다. 하나는 시즌 늦게 훈련을 시작해서 경주에 참가할 준비가 덜 되었던 점이다. 그리고 다른 하나, 더 의미심장한 이유는 캐럴라인이나 나나 목표 지향적 성향이 매우 강해서—캐럴라인은 무언가를 ‘마스터’하는 느낌을 가장 좋아한다고 말한 적이 있다—스스로의 기대와 관심을 집중할 계기를 찾아 다음 시즌, 또 그다음 시즌을 원하기 때문이었다. 대개의 모험이 그렇듯 우리의 찰스강 모험도 결승선보다 거기까지 가는 여정이 더 의미 있었다. 로잉은 어쩌면 우리가 가장 사랑하는 것들에 대한 은유였을지 모른다. 즐거운 기대감, 근육을 써서 얻은 기록, 9월의 만월. 우리는 평생 노를 잡게 하는 단 하나의 기질—끈기—을 지닌 사람들답게 칠십대가 되어서도 같이 HOCR 대회에 나가겠다고 공언했다. 그때쯤이면 참가자가 충분히 줄어들었을 테니 우리도 우승을 노려봄직하지 않겠느냐고 말이다. 이런 환상으로 우리는 그뒤로도 두 해 겨울을 뜨겁게 보낼 수 있었다.

2000년 대회가 치러지고 난 10월 말, 참가했더라면 우리 수준이 어느 정도였을지 가늠해볼 겸 우리는 이인승 보트를 들고 나섰다. 시작부터 큰 낭패였다. 보트 장비가 거구들에게 맞춰져 있어서 풀스트로크를 하려면 반쯤 엎드려야 했다. 장비가 잘못되었다는 걸 알아차렸을 때는 이미 너무 멀리 나간 뒤여서 손을 쓸 수 없었다. 풍속이 세지고 갑작스러운 돌풍까지 오락가락하면서 강물에 뾰족뾰족 파도가 일었다. 그러더니 비가 오기 시작했다—차디찬 가을비가 등을 후려치며 노를 움켜쥔 손은 물론이고 우리의 신경까지 위협했다. 캐럴라인은 이 무시무시한 상황에 맞서 더 힘껏 노를 저었다. 내 스트로크가 점점 거칠고 불규칙해지자 끝내는 그녀가 내게 노를 아예 젓지 말라고 했다. 리듬이 너무 어긋나면 나까지 그녀에게 방해가 될 터였다. 나는 내 기량에 좌절감이 드는 동시에 캐럴라인에게 경외감이 일었다. 빗줄기가 심해지고 조류가 거세질수록 그녀는 더 안정감을 찾아갔다. 우리는 전체

코스를 완주하고 아무도 없는 결승선을 넘으며 환호했다. 빗물과 강물로 몸은 흠뻑 젖었고 고생 끝에 터지는 웃음으로 기쁨이 차올랐다. 나는 보트에 드러누워 우리를 집으로 데려다줄 브루티타에게 몸을 맡겼다.

8.

그해 12월 크리스마스 휴일에 가족들을 만나러 텍사스에 갔다가 눈보라에 발이 묶였다. 며칠 만에 간신히 시카고를 경유해 매사추세츠로 오는 비행기에 오를 수 있었다. 이 시련을 거치는 동안 전화로 연락을 주고받던 캐럴라인은 비행기 도착 예정 한 시간 전에 클레먼타인을 우리집에 데려다주었다. 온종일 마라톤 비행을 한 끝에 도착한 로건공항에서 택시 뒷좌석에 몸을 기댔을 때는 어서 내 집 내 소파에 앉아 클레먼타인의 목덜미를 쓸어주며 수화기 너머 캐럴라인의 목소리를 듣고 싶다는 생각뿐이었다. "애착의 볼모가 되다." 난데없이 이런 말이 떠오른 것을 기억한다. 내 삶의 정서적 기반에 단단히 붙어 있는 이 두 존재에게 내가 얼마나 크게 의존하는지 집을 떠나 있는 시간이 가르쳐주고 상기시켜주었다. 어느덧 이런 자각에 마음이 착잡해지기보다 위안을 얻게 되었다지만 여전히 내 평소 기준에서는 한참 어긋나 있었다. 캐럴라인이 아무리 소심했던들, 살면서 진짜 불한당이 나타났을 때의 나—애초에 더 고집이 세고 무조건 자존심부터 세우려 드는 나—보다 심하진 않았을 것이다. 위기상황에서 나는 혼자가 되는 것보다 남에게 실망할 것이 더 두려워 내 주위에 방어벽을 치는 사람이었다.

아마도 기질과 유전 둘 다 영향을 미쳤을 텐데, 나는 평생을 지나치다 싶을 정도로 독립심을 기르며 보냈다. 이런 행동은 어리석든 기특하든 필요 이상으로 스스로를 혹사할 때가 많았다. 이십대에는 혼자 장거리 히치하이크를 하고 다녔다. 몇 년 동안은 노동절 연휴가 끝나고 사람들이 모두 떠난 웰플리트저수지에서 수영을 하다 초가을 천둥번개가 슬슬 그만하라고 설득을 하면 그제야 멈췄다. 고생을 많이 하면 할수록 도전의 위업이 대단하다고 나는 내심 믿고 있었다. 술을 끊고 난 뒤에도 고독 때문에 삶의 반경이 좁아지는 게 싫어서 일부러 와이오밍으로, 런던으로, 어디든 가보지 않은 곳으로 떠날 수 있는 일을 자원해 맡았다—그런 일에 따르는 역경에 이를 갈면서도 밀고 나갔던 건 모험의 결실을 거두기 위해서라면 고통과 고립을 기꺼이 감수해야 한다고 생각했기 때문이다.

나는 고독하다고 불평하면서도 그만큼 고독을 필요로 했다. 누구에게 어떤 보고도 할 필요가 없는 구속으로부터의 자유에 높은 가치를 두었다. 결혼을 하고 저멀리서 행복하게 살고 있는 우리 언니는 내가 꼭 맞는 결혼상대를 찾아내고야 말겠다는 공상을 늘어놓을 때마다 깔깔거렸다. "글쎄다, 콜드웰." 언니는 서로 이름 대신 성을 부르던 사춘기 때 습관에 기대 말을 꺼내곤 했다. "그게 가능할지 모르겠다. 어지간한 목줄은 너한테 짧을 텐데."

진실을 말하자면, 나는 늘 도망쳤다. 내가 결혼하지 않은 남자들, 내가 떠났거나 그저 미적지근하게 맺었던 관계들—내가 함께 세운 모든 관계의 건축물은 건축법에 따라 항상 비상구에 등을 밝혀두어야 했다. "인정할 건 인정하자." 언젠가 사십대 싱글남인 한 친구가 짝이 없는 우리 상태에 대해 이런 얘기를 했다. "너나 나나 그렇게 요리조리 피해다니지만 않았으면 이렇게 안 됐지." 그 순간에는 웃어넘겼지만 그 말이 어지간히 날카로워서, 또 그의 눈에 그토록 분명한 것이 나한테는 아니어서 마음이 불편했다.

그 겨울밤 택시가 나를 집에 떨구고 간 뒤, 나는 클레먼타인을 안아주고 무사히 도착했음을 알리려 자동응답기가 돌아가고 있을 캐럴라인에게 전화를 걸었다. 저녁 여덟시를 넘긴 시각이라 그녀가 받으리라곤 기대하지 않았다. "집에 왔어. 멀쩡해." 나는 메시지를 남겼다. "굳이 전화 안 받아도 돼. 가게에 다녀올 거야—내일 전화할게."

그로부터 이십 분 뒤, 내 낡은 볼보에 식료품을 싣고 있을 때였다. 제어력을 잃은 운전자 하나가 주차장을 고속으로 가로질러 내 차 뒤를 들이받았다. 너무 순식간에 벌어진 일이라 나중에 떠오르는 것이라곤 희뿌연 움직임, 곧이어 허공으로 날아간 기억뿐이었다. 나 대신 볼보가 총알받이가 되었다. 차 한 대가 다른 차를 들이받은 충격력은 나를 마치 당구공처럼 날려보냈다. 정신이 들었을 때는 충돌지점에서 몇 미터 떨어진 도로에 양손과 무릎을 짚고 엎드려 있었다. 턱에서 피가 뿜어져나오고 입에선 욕설이 나왔다. 사람들이 나를 에워싸고 서 있었다. 누군가가 911에 전화를 했다. 나를 안다며 쏟아진 식료품을 주워 우리집에 가져다주겠다고 말하는 또다른 목소리도 들렸다. 응급구조대가 도착하고 들것에 몸이 묶이는 상황에서 나는 내 청바지와 카우보이부츠를 자르지 말라고 구조대원들과 실랑이를 벌이기 시작했다. 병원에 도착했을 때는 아드레날린이 돌며 흥분해 농담을 해댔다. 위기에 처할 때 고개를 드는 그 헛된 자존심.

엑스레이를 찍기 위해 들것에 누워 한 시간을 기다렸다. 치료가 끝난 시각은 밤 열한시였다. 심각한 부상은 아니었는데—턱을 몇 바늘 꿰매고 관절이 몇 군데 삐고 타박상을 입었지만 뼈는 부러지지 않은 정도였다—다리에 무게를 실으려고 하면 아파서 비명이 나왔다. 더 긴박한 응급상황들로 경황이 없던 병원 직원이 지팡이를 가져다주고 택시를 불러주었다. 병원에 누워 있던 세 시간 동안 불과 몇 발짝 떨어진 곳에 전화기를 두고도 캐럴라인이나 다른 누구에게 전화를 걸어 도움을 청해야겠다는 생각은 단 한 번도 들지 않았다.

어쩌면 그런 생각이 들긴 했지만 위기상황에서 발동되는 나의 방어적인 침착함으로 그냥 무시한 것이 맞을지도 모르겠다. 일요일 밤이었고, 모렐리가 캐럴라인 집에 와서 자고 가리란 걸 알고 있었다. 두 사람을 깨우고 싶지 않았다. 내 전화를 받으면 병원에 와야 한다는 의무감이 들 테니까. 나는 내 자립 능력에 흡족해하며 반쯤 비틀거리고 반쯤 기어서 아파트 계단을 올라갔다.

그런데 막상 집안에 들어와서 피로 얼룩진 내 바지에 코를 문지르는 클레먼타인과 함께 한밤의 거실에 앉아 있자니 온몸의 기운이 빠져나갔다. 먼저 비행기가 안전하게 도착했다는 소식을 기다릴 텍사스의 부모님에게 전화를 걸어 천연덕스럽게 거짓말을 해뒀다. 팔십대의 노부모를, 특히 알츠하이며 초기인 아버지를 굳이 놀라게 할 필요는 없으니까. 그러고 나니 필사적으로 짜낸 용기도 모두 바닥나버렸다. 나는 캐럴라인의 번호를 눌렀다. 그녀가 전화를 받는 순간 내 목소리가 갈라졌다. "이제 괜찮아. 이제 괜찮아." 나는 이야기를 꺼내기 전에 캐럴라인이 겁을 먹지 않도록 이 말을 거듭하며 서두를 달았다. 뭐든 요기를 하고 잠자리에 들라고 캐럴라인이 설득하기 전까지 우리는 전화기를 내려놓지 않았다.

내 십 년 된 볼보는 완전히 파손됐다. 이튿날 캐럴라인의 차를 타고 함께 식료품점 주차장에 가보았다. 캐럴라인이 나를 대신해 생필품 몇 가지를 사러 간 사이 나는 차에 시동을 걸어보고 차량등록증을 꺼냈다. 십 분 뒤 다시 밖으로 나온 캐럴라인이 나를 발견했을 때, 나는 전날 몸이 떨어진 곳 근처에 멍한 눈으로 서 있었다. 아스팔트 바닥에 피웅덩이가 마른 자국이 남아 있었다. 집에 돌아오는 차 안에서 불안하리만큼 말이 없던 캐럴라인의 입에서 한참 만에 침묵의 이유가 튀어나왔다. "자꾸 이런 생각이 들어. 처음 전화가 왔을 때 내가 받기만 했더라도," 그녀가 털어놓았다. "이런 일이 절대 일어나지 않았을 텐데. 삼 분만 늦게 갔으면 그 차가 오는 길에서 있지 않았을 텐데."

내면에서 들려오는 이런 자책감의 목소리는 나도 익숙했다. 이 소리는 기만적이고 당해낼 수가 없었다. 캐럴라인이 속을 태우는 것은 단지 어처구니없는 운명의 재앙에 간여하지 못해서만이 아니라 어떻든 자기도 책임이 있다는 생각 때문이었다—자신의 고립적인 성향이 나를 위험에 처하게 했다고 말이다. 우리 둘 다 이런 사고방식에 잘 빠지는지라 나는 정반대의 가정을 세워보았다. 거꾸로 그녀가 혹시 전화를 받았더라면 내가 마침 가게에서 걸어나오다가 돌진하는 차에 그대로 치였을지도 모른다고.

이 사고가 남긴 껄끄러운 교훈과는 별개로, 그날 오후 내가 캐럴라인에게 들려주었던 사고의 한순간은 몸의 상처가 모두 아물고 차를 바꾼 뒤로도 오래도록 지워지지 않았다. 몸이 공중에 떠올랐을 때 뇌리를 스치던 생각. 위기의 복판에서 세상은 맹렬한 총천연색을 띤다. 허공에 들린 몸이 그리던 선명한 포물선, 평소보다 50센티미터 정도 높아졌던 내 시선이 십 년이 지나도록 기억에 생생하다. 그렇지만 가장 잊히지 않는 것은 허공을 가르며 느꼈던 분노, 내 영역을 침범당했다는 감각이었다. 어떻게 나한테 감히. 몸과 마음이 동시에 분노에 휩싸였다. 나는 지금 한창 생의 한가운데 있는데. 이 스토리라인을 위해 몇 년을 공들여왔기에 나는 노여움이 북받쳤다. 그리고 아직 이대로 끝이 아님을 알고 있었다.

* * *

동부에서 십 년을 살며 꿈과 현실을 가려낼 만한 세월을 보낸 어느 겨울, 눈보라가 시작되려는지 눈송이들이 살랑살랑 바람결을 타고 날리는 밤에 브래틀 스트리트를 운전하고 있었다. 문득 이곳에서 늙어갈 수도 있겠다는 생뚱맞은 생각이 들었다—이제껏 어디서도, 특히나 뉴잉글랜드의 겨울에는 더더욱 해보지 않은 생각이었다. 하기야 케임브리지는 처음부터 나에게 손을 내민 곳이긴 했다. 나는 벽돌이 깔린 고지식한 보도를, 이 도시가 뿜어내는 과묵한 평온함을 사랑했다. 그 모든 경이로운 역사가 배꽃 핀 거리의 음악가들과 조우하는 이곳을 사랑했다.

내 땅을 갖고 싶다는 생각에 수년째 마음이 들썩이기는 했지만, 대개는 어디든 내가 있는 장소에 대한 대체현실로서였다. 당시만 해도 황량하던 케이프코드 끝자락 트루로에 작은 땅을 얻는 상상을 해보았다. 오스틴에서 겨울을 날 작은 집을 구해볼까, 아니면 개 두어 마리를 키울 만한 교외 농가를 마련할까도 생각했다. 탐색이 더 현실화되면서 나는 그레이터 보스턴 전역에 걸쳐 집을 찾기 시작했다. 후보지를 물색하느라 진을 빼기도 하고 내 능력으로 닿을 수 없는 집들에 넋을 잃기도 했다. 마치 제 영역의 경계를 빙빙 도는 늑대처럼 다른 곳은 다 보면서 내 삶의 진원지에는 눈길을 주지 않았다.

이 그릇된 출발은 아마도 도피와 갈망으로 쏠리는 내 성향의 반영이었을 것이다. 텍사스를 떠나오고, 그런 뒤에 그곳을 끊임없이 그리워하는. 3000킬로미터 떨어진 곳에 살며 가족을 애틋해하는. 결혼을 거부해놓고, 나중에는 결혼을 해야 했다며 평생을 투덜거리는. 어머니 표현대로 뭐든 곱씹기 좋아하는 내 타고난 기질은 특히나 내가 속할 곳을 상상하는 대목에 이르면 제 세상을 만난 것처럼 날뛰었다. 나는 내가 가지 않은 지리적인 가능성으로 가득찬 세계에서 혼자 마음껏 대체우주를 탐색하고 다녔다. 그곳에서는 언제나 더 너그러운 결말과 저렴한 집값이 기다리고 있었다. "팬핸들을 떠나지 말았어야 해요, 거기서 어느 목장주와 결혼해서 행복하게 애들 대여섯쯤 낳고 살았을 텐데." 언젠가 내 상담치료사 앞에서 이렇게 단언한 적이 있다. 그는 이런 발언을 껄껄 웃어넘기는 법이 없었다. "아무래도 여기서 핵심적인 단어는 '행복하게'인 것 같군요." 기회만 있으면 언제든 환상을 깨뜨려줄 사람다운 대답이었다. 후에 이 일화에 덧붙인 장난으로 그가 '해피Happy'라는 실제 마을의 지도를 보내주었다. 텍사스 애머릴로 남쪽에 있는 인구 칠백 명 정도의 작은 마을이었다. 나는 우리 모두가 상상하는 이상향의 상징으로 해피의 지도를 수년간 서재 벽에 붙여두었다.

"환상을 한 겹 벗기면 악몽이 보인다." 이것은 캐럴라인이 좋아했던 문구로, 본래 우리 둘과 가까운 한 친구가 꿈꾸던 삶을 좇아 타국에 갔다가 결국 불행의 덫에 빠지게 된 이야기를 하다 나온 말이다. 그뒤로 이 말은 다른 어딘가에서 더 나은 직업이나 파트너를 갖고, 혹은 더 나은 내면으로 살아가는, 겉보기에 완벽한 삶을 총칭하는 우리만의 암호가 되었다. "우리가 왜 여기 사는 거지?" 내가 종종(겨울철이나 길이 막히는 날, 혹은 운수 나쁜 날) 이렇게 푸념하면 캐럴라인은 "프레시폰드와 스타벅스가 있어서"라고 지체 없이 응수하곤 했다. 아직 스타벅스가 미국의 거리 모퉁이마다 들어서기 전이긴 했지만, 캐럴라인의 대답은 말로 다 담아낼 수 없는 모든 것을 함축하고 있었다. 그것은 길모퉁이의 까칠한 시인일 수도, 해질 무렵 강일 수도, 우리 이름을 아는 정육코너 점원일 수도 있었다. 우리가 이곳에 사는 것은 서로가 있어서였고, 반경 30킬로미터 거리에 우리가 사랑하는 이들이 있어서였다. 사람들이 현재 사는 곳을 떠나지 않는 타당한 이유가 우리에게도 있기 때문이었다. 어떤 사람은 밀밭이나 바다의 풍경이 필요하고, 폭우의 내음이나 도시의 소리가 필요한 사람도 있다. 혹은 자기에게 필요한 것을 만들어내기 위해 다른 곳으로 떠나야 하는 사람도 있다.

서로에게 신화와도 같은 우리 과거에 따르면, 나는 망명자였고 캐럴라인은 떠나지 않고 남은 아이였다. 나는 팬핸들의 황량한 농장과 목장을 벗어나 800킬로미터 남쪽의 오스틴으로 달아났고, 샌프란시스코에서 두 해를 지낸 뒤 마침내 동부로 이주했다. 캐럴라인은 케임브리지의 래드클리프쿼드랭글*에서 불과 몇 블록 떨어진 곳에서 자랐으며, 대학은 한 시간 거리인 프로비던스의 브라운대학으로 진학했다. 사 년 뒤 케임브리지로 돌아와 어린 시절 자란 집을 나와서도 그 옆옆 동네 너머로는 벗어나지 않았다. 그녀에게 익숙한 세계가 내게는 새로운 세계였고—그녀에게 케임브리지는 나에게 애머릴로 같은 곳인데—이를테면 그리니치빌리지에서 성장기를 보내는 것처럼 고향이 지나치게 멋져서 달아날 수 없었다는 건 도회생활에서 얼마간 치러야 하는 대가였을 것이다. 부모님이 돌아가신 다음해에 캐럴라인은 케임브리지 한복판에 옆 건물과 벽을 맞댄 빅토리아풍 주택 한 채를 구입했다. 폭이 넓은 소나무 원목마루와 노출형 벽돌굴뚝이 있고 층고가 3미터나 되는 집이었다. 구석구석 우아하게 각이 잡힌 백 년 넘은 공간에 편안하고 단정한 원목가구와 루실의 장난감

* 하버드대학의 캠퍼스 중 하나.

이 사용하기 쉽도록 세심하게 배치돼 있었다. 나는 거기서 몇 킬로미터 떨어진 채광 좋은 아파트 이층에 십 년째 세를 들어 살고 있었다. 한곳에 뿌리내리는 삶에 대한 나의 양가감정은 캐럴라인의 집이 그녀에게 주는 안식처 느낌을 이해할수록 한결 누그러졌다. 급기야 실용주의가 관성을 누르고 승리를 거두면서 수십 개의 부동산 매물을 둘러보는 일요일 오픈하우스* 대장정—집을 구하는 과정에 일반적으로 따라붙는 어둠의 심연 같은 여정—이 시작됐다. 그리고 용맹한 전사 캐럴라인은 이 행군의 시작부터 끝까지 동행했다.

자금사정의 제약과 별개로, 싱글여성의 집 찾기는 자신의 현상태를 보여주는 청사진이 곳곳에 포진해 있어 신경을 고문하는 과정이 되기 쉽다. 특히 뉴잉글랜드 지역의 경우 주거용 부동산이 인구통계의 실례라는 것을 알 수 있었다. 일가구 주택은 핵가족을 염두에 두고 지어진 콜로니얼풍, 빅토리아풍 주택 일색이었다. 그런 집을 방문할 때마다 나는 맥이 빠지고 극심한 피로감이 몰려왔다. 주방 따로 식사공간 따로, 침실은 죄다 위층에 있다고? 소외감에 울고 싶을 지경이었다. 1인 가구를 대상으로 하는 건축물은 그 나름대로 문제가 있었다. 혼자 산다고 은근히 벌을 주기라도 하듯 공간이 협

* 매물로 나온 부동산을 구매 희망자들에게 일시적으로 개방하는 일.

소하고 구성도 볼품없었다. 천장은 낮고 방은 비좁은, 숨막힐 정도로 작은 집들도 있었다. 오래된 삼층 건물이나 대형 건물의 아파트는 대출금이 적당한 대신 뜰과 사생활과 주차를 포기해야 하는 상황이었다.

캐럴라인과 나는 이 난국을 다각도에서 꼼꼼히 분석했다. 일요일 오픈하우스에 갔다가 생각할 기운도 없이 집에 돌아오면 나는 현실적 판단을 구하기 위해 캐럴라인에게 전화를 걸었다. 그녀가 오픈하우스 장소로 직접 와서 쾌활하면서도 냉정한 시선으로 이 방 저 방 누비고 다닐 때도 있었다. 그러고는 내 부실한 다리로 몸무게가 30킬로그램이나 되는 개와 함께 정말로 이 근사한 삼층 새장에서 살고 싶으냐고 묻기도 했다. 입찰경쟁과 토지매입 붐이 한창일 때라 하루 새, 한 시간 새에도 집들이 팔렸다—밤 아홉시 반에 전화를 걸어 나더러 보지도 않은 집의 입찰에 참여하라던 정신없는 중개인도 있었다. 두어 번 이 필사적인 대열에 끼어들기도 (그리고 탈락하기도) 했지만, 나보다 돈이 많거나 평정심이 약한 사람들에게 밀리고 말았다. 부동산 헌팅은 큰돈이 걸린 만큼 나의 불안감을 부채질했다. 당시 부동산시장은 흡사 의자 뺏기 놀이 같았다. 음악이 끝나기 전에 자리를 잡으려고 모두가 미친 듯이 덤벼들고 있었다.

2001년 이른 봄, 나는 넓은 뜰에 풀이 무성한 교외의 작은 주택을 구입하기로 하고 가격을 제시했다. 오픈하우스 전날 캐럴라인이 뒤편 울타리를 타고 올라가 집을 살펴보기까지 했다. 그러다가 마지막 순간에 나는 혼란에 빠졌다. 깔끔하게 정돈된 거리와 조용하고 조심스러운 뉴잉글랜드의 분위기 속에서 나이들어가는 내 미래가 눈앞에 그려졌는데, 그 광경에 온몸이 오싹해졌다. 남의 눈에는 막연해 보일 수도 있지만, 내게는 내가 원하지 않는 것을 수년간 고심하며 — 그리고 내 영혼이 무엇을 갈망하는지 그 윤곽을 잡아가며 — 갈고닦은 나름의 기준이 있었다. 나는 일종의 성인을 위한 기숙사처럼 꽃과 개가 있고 나와 느낌이 비슷한 사람들이 모인 그런 장소를 원했다. 내 직관 속의 이 공간을 정확히 묘사해준 동료가 있었다. 몸에 몇 군데 피어싱을 한 젊은 멋쟁이 흑인 레즈비언인데, 이 친구와 둘이서 싱글여성이 빠지기 쉬운 부동산의 위험성과 각자에게 어울리는 장소에 대해 기나긴 수다를 떨고 있을 때였다. "이렇게 얘기할 수 있겠다." 그녀가 말했다. "이삿날부터 내가 그 동네에서 가장 재미있는 구경거리가 되기는 싫다는 거지." 교외의 주택에 가격을 제시하고 서명하던 날, 그 삐딱하고 예리한 말이 기억에 되살아났다. 말쑥한 차림새의 중개인이 나와 악수를 하며 말하길, "아주 재미있는 분 같네요!" 그래서 이 재미있는 당사자는 이틀 뒤 거래에서 빠지기로 했다.

그런 일이 있고 나서 거의 포기상태였던 5월, 꽃들이 흐드러진 어느 날에 매물공지를 보았다. 목련이 줄지어 늘어선 케임브리지 어느 거리의 비늘판으로 외벽을 두른 허술한 1920년대 주택 공간 절반을 판다는 내용이었다. 내가 원하는 것보다 집 크기도 작은데다 주인이 벽을 겨자색으로 칠해놓고 식당에는 빨간 벨벳커튼을 달아놓았다. 하지만 이런 건 하나도 신경쓰이지 않았다. 집안에 들어가보기도 전에 내 마음을 사로잡은 것이 있었으니, 긴 진입로를 내려다보는 우뚝 솟은 단풍나무들, 그리고 그 안쪽으로 층층나무와 라일락과 키가 무려 20미터에 가까운 개버즘단풍나무 한 그루가 서 있는 아늑한 도심 속 정원이었다. 뉴잉글랜드에서 이십 년을 살았어도 여전히 텍사스 사람인 나는 땅 위에 있는 것보다 땅 자체가 더 중요하다고 믿었다. 나는 나무들을 택하기로 했다.

캐럴라인은 이 집을 아주 좋아했다. 이 집이 틀림없는 내 집이라면서 몇몇 결점—손님방이 없고 위층에 다른 사람이 사는 점—은 눈감아주었다. 집의 위치는 내가 보트를 타는 강과 우리가 산책하는 숲의 중간지점이었다. 동네에는 공원도 있고, 포장 전문 이탈리아 음식점도 있고, 아는 사람도 열두엇은 있었다. 오픈하우스는 한 시간가량 진행되었고 당일 저녁 네 팀이 매매가를 제시했다. 매도인이 부르는 가격을 수만 달러 상회하는, 황당할 정도로 나보다 높은 값을 부른 부부도 있었다. 아마 그들도 나무가 마음에 들었던 모양이다. 사십팔 시간 만에 그 부부는 매매 제안을 철회했다. 중개인으로부터 내가 원하면 이제 그 집은 내 것이라는 전화를 받았다. 나는 생각할 시간을 한 시간만 달라고 대답한 뒤 캐럴라인에게 전화를 걸었다. "수락해." 그녀는 단호했다. "수락해야지."

부동산 구입에 늘 따라오는 숨가쁜 교육을 거치며 몇 주를 보내고, 나는 이제 내 집이 된 주택 현관 앞에서 열쇠를 만지작거리며 서 있었다. 피로감과 막연한 우려로 머리가 멍했다. 문 저편에는 거의 집을 부수고 다시 짓는 수개월의 공사가 기다리고 있었다. 누군가 차를 세우는 소리가 들려 돌아보니 집 앞에 도착한 캐럴라인의 도요타 RAV 안에서 캐럴라인과 모렐리가 함박웃음을 지으며 잠깐 기다리라고 손을 흔들었다. 내가 열쇠로 막 문을 연 참에 캐럴라인이 현관 층계를 뛰어올라왔다. 그러고는 껄껄거리는 모렐리에게 개들을 맡기고 나를 번쩍 들더니—내가 그녀보다 5킬로그램은 더 나가는데—쌀자루처럼 안고서 문지방을 건넜다.

그해 여름이 끝날 무렵, 캐럴라인과 나는 새로이 통합된 우리의 산책경로에 이미 적응을 마쳤다. 새집은 프레시폰드에서 두 블록 거리였고, 목수와 페인트공의 작업이 여름 내내 이어졌다. "케임브리지에 가볼까?" 날마다 내가 그렇게 물으면 클레먼타인은 무엇보다 내 달라진 음조에 반색하며 기쁜 짖음으로 응답했다. 그러면 우리는 공사현장으로 차를 몰아 작업중인 인부들과 얘기를 나눈 다음, 언덕 아래에서 기다리는 캐럴라인과 루실을 만나러 저수지로 향했다. 으레 내 뒷주머니에는 페인트 색상 샘플 뭉치가 꽂혀 있었다. 사모예드의 털이 크림색과 흰 미색이 섞인 빛깔이라 우리는 샘플을 클레먼타인 등 위에 나란히 펴놓고 색상을 고민하곤 했다. 움직이지 말고 가만히 있으라는 명령을 이미 가르쳐둔 덕분에 클레먼타인은 이런 엉뚱한 짓을 봐주고 우리가 제 털색을 예컨대 다이닝룸의 몰딩으로 상상하는 동안 참을성 있게 서서 기다렸다. 어느 저녁에는 오리연못 근처에서 캐럴라인과 내가 그렇게 살굿빛 계열 색상 여덟 가지를 뚫어져라 들여다보고 서 있으니, 한 여자가 우리 옆을 지나다가 눈썹을 치켜올리며 큰 소리로 물었다. "개한테 무슨 짓을 하는 거예요?" 느긋한 산책과 저녁 로잉으로 하루하루를 보낸 여유로운 여름이었다. 그 여름이 지날수록 내가 크게 한 뼘을 뛰었다는 것이, 그리고 이제 내가 있을 곳으로 책 상자들과 함께 내 마음과 영혼이 옮겨가고 있다는 것이 점점 명확해졌다.

9월 11일 아침, 동시에 두 목소리가 나를 깨웠다. 라디오에서 BBC 아나운서가 첫번째 비행기가 세계무역센터에 충돌했다는 소식을 전하고 있었고, 자동응답기에서는 친구 피트의 음성이 들렸다. "지금쯤은 무슨 일이 벌어졌는지 알고 있겠지." 그뒤 십 분은 상황 파악을 위한 혼돈의 시간이었다. TV와 공영라디오 방송을 틀어놓고 인터넷에 접속하니 아직 사태를 모르는 캐럴라인이 몇 분 전에 보낸 세 마디짜리 이메일이 도착해 있었다. "혹시 보트 탔어?" 당장 답장을 보냈다. "뉴욕에서 트윈타워가 테러리스트 공격을 받았어 아래층 가서 TV 켜봐." 캐럴라인은 집의 삼층 다락방을 작업실로 사용했고, 통상 아침 여덟시 반쯤이면 라디오와 전화기를 멀리 두고 책상 앞에 앉았다. 몇 분 뒤 우리는 각자 전화기를 붙들고 앉아 TV 화면에서 되풀이되는 그 무서운 장면을 지켜보았다. 너 나 할 것 없이 모두 사고가 정지된 상태였다. 문제의 비행기들이 이륙한 장소가 보스턴 로건공항인 까닭에 보스턴에는 공포가 한 겹 더 드리워져 있었다. 오전 한동안 유선전화와 휴대폰 대부분이 불통이었다. 캐럴라인과 나도 계속 전화 연결이 끊어져서 급기야 우리는 사회기반시설이 작동하지 않을 경우를 대비해 비상계획을 하나 세웠다. 만약 사태가 악화되면—혹시 보스턴에 무슨 일이 벌어지면—우리는 각자 집에서 거리가 같은 프레시폰드까지 어떻게든 찾아가기로 했다. 거기라면 서로를 찾을 수 있으리란 걸 알았으니까.

황당한 계획이었다. 그날 곳곳에서 세워졌을 다른 수백만 가지 계획들처럼. 나중에 생각하니 웃음이 나왔고—전장의 농담처럼 차갑고 씁쓸한 웃음이 며칠간 우리를 따라다녔다—프레시폰드가 적십자 대피소도 아니지 않느냐며 우리는 우리가 세운 엉성한 계획을 돌아보았다. 그러나 지금은 그 계획의 황당무계함이 가슴에 와닿는다. 말들이 헛간을 향해 내달리고 새들이 나무에서 날아오르듯이 우리는 본능에 따라 행동하고 있었다. 그저 우리의 피난처를 찾아, 우리 자신에게 유리한 고지를 향하고 있었을 뿐이다.

그날 결국 나는 느지막이 배를 타러 나갔다. 달리 무엇을 해야 할지 알 수 없었다. 오후 중반이 되었을 무렵, 도시 전체가 다시 그렇게 고요해지기를 바랄 수 없을 만큼 고요했다. 머리 위로 비행기 한 대 보이지 않았고, 자동차나 사람의 통행도 중지되었다. 이후 몇 주 동안 서서히 드러날 불협화음의 조짐도 엿보였다. 강에서 어느 한심한 인간이 목청 높여 이런 말을 건넸다. "날씨 참 좋지요?" 한 편의 그림처럼 완벽한 풍경이 마치 공포영화의 목가적인 첫 장면 같았으나, 공포가 이미 엄습한 뒤라는 점이 달랐다. 나는 핵전쟁 이후 텅 빈 호주의 해변 위로 〈왈칭 마틸다〉의 선율이 흐르던 영화 〈그날이

오면〉의 마지막 장면이 계속 생각났다.* 노를 젓는 내 머리 위로 이제는 악명이 자자한 그 파란 하늘과 싸늘하고 생기 없는 공허가 펼쳐져 있는데, 〈왈칭 마틸다〉의 섬뜩한 우울이 내내 귓가에 맴돌았다.

11월 초 캐럴라인의 생일날, 나는 새집으로 이사했다. 아침에 그녀에게 축하 꽃다발을 보내고 클레먼타인도 맡겨놓은 뒤 나는 이삿짐센터 직원들이 층계를 오르내리며 일하는 모습을 지켜보았다. 평상시라면 숨막히도록 우수에 젖었을 뉴잉글랜드의 가을이 역사의 비극으로 뒤집히고 빛을 잃었다. 이웃의 누군가는 자살을 했다. 세계무역센터에서 약혼자를 잃은 여성이었다. 친구의 친구는 생사를 확인할 길이 없다고 했다. 모두가 열 손가락으로 다 꼽지 못할 만큼 이런 사연들을 가지고 있었다. 모든 사연이 재앙의 동심원 안에 있었고, 조목조목 애달픈 조각들이 트라우마와 상실 사이를 빽빽하게 채우고 있었다. 참사 직후 며칠이 지나지 않은 어느 저녁, 시 차원의 계획에 호응해서 캐럴라인과 나는 각자 현관에 서

---

* 〈그날이 오면〉은 핵전쟁 이후 생존자들의 모습을 그린 미국의 1959년 영화, 〈왈칭 마틸다〉는 '유쾌한 방랑자 한 사람 호숫가에 쉬고 있네'라는 가사로 시작하는 호주의 민요다.

서 촛불을 높이 들고 전화통화를 이어갔다. 그런데 내 쪽에서도 캐럴라인 쪽에서도 다른 이들의 촛불이 하나도 보이지 않았고, 결국 우리는 우리 행동의 무의미함에 한편으로는 기가 막히고 한편으로는 넌더리가 났다. 이어진 몇 주간 우리 두 사람은 각자 생존자로서 자책에 맞닥뜨렸다. 아무 생각 없이 현실부정에 빠져 있다가도 불시에 의식이 움찔 깨어나 우리를 덮쳤다. 캐럴라인은 컴퓨터 앞에 앉아 카드게임을 하다가도 비통함 혹은 불안감을 이기지 못했다. 나는 한순간 집수리를 걱정하다 다음 순간 공사를 전부 접고 남은 수리비를 뉴욕소방관 지원기금으로 보낼까 고민하며 갈팡질팡했다. 비통과 일상이 나란한 층위로 존재한다는 아이러니를 모두가 혹독하게 배우고 있었다. 세상이 난장판인데 내 집을 걱정하고 있는 것이 부끄럽다고 어느 날 내가 털어놓았다. 캐럴라인은 내 어깨에 손을 얹고는 어쩌겠느냐는 듯 어깨를 으쓱해 보였다. "페인트 샘플…… 오사마 빈라덴." 그녀는 양손으로 인간 경험 전반을 구획지으며 말했다. "이런 게 결국 인생인가봐." 당시 우리는 모두 오든*이 상상한 이카로스의 세계에 살고 있었다. 하늘에서 소년이 추락하고 있어도 배들은 태연히 항해를 하는.

* 1930년대부터 활동한 영국 태생의 미국 시인. 네덜란드 화가 브뤼헐의 작품 〈이카로스의 추락〉을 보고 「미술관」이라는 시를 남겼다.

죽음이 이야기의 끝이 아님을 이해하기까지 나는 몇 년이 걸렸다. 죽음은 이야기를 바꾸어놓는다. 일방적인 대화체의 오류와 통찰을 수정하고 고쳐쓴다. 우리 대부분이 서로의 삶을 드나드는 건 죽음이 우리를 갈라놓을 때까지가 아니라 거리가 우리를 갈라놓을 때까지다—시공간과 마음의 권태야말로 인간관계에서 더 냉정한 사형집행인이다.

되풀이해서 꾸는 캐럴라인 꿈이 몇 가지 있다. 캐럴라인이 녹색과 청색으로 가득한 숲속 작은 집에서 조용히 살고 있는 꿈, 그녀에게 보낼 편지를 타이핑하는데 내가 찍은 글씨의 잉크가 계속 흔적도 없이 사라지는 꿈. 꿈에서 그녀는 언제나 이미 죽었거나 죽어가는 사람이지만, 끔찍하거나 고통스러운 꿈은 아니다—손을 뻗으면 서로 닿는 지척이었기에 나는 언제나 상실감을 이겨낸다. 하지만 견디기 힘든 꿈이 한 가지 있다. 아파서 치료받고 있는 그녀를 내가 찾지 못하는 꿈이다. 연락이 끊어지거나, 전화가 되지 않거나, 잠긴 문 너머에 그녀가 있는데 내 열쇠가 부러진다. 조금씩 다른 변주가 여러 가지 있지만, 번번이 허공을 할퀴며 깨어나는 이 꿈의 메시지는 하나다. 우리 사이에 가로놓인 것은 삶이지 죽음이 아니라는 것.

시인 키츠는 "마음의 애정이 지니는 신성함"과 상상력 외에는 아무것도 믿지 않는다고 했다. 지금 생각해보면, 캐럴라인과 나는 서로 내면의 무엇을 잠잠히 다스려준 덕분에 밖으로 나가 더 넓은 세상에 발을 담글 수 있었던 것 같다. 그리고 사실과 기억을, 그 두 가지가 서로에 미치는 영향을 조금도 의심하지 않는 사람임에도 나는 이 모든 이야기의 가닥들을 따라가다가 다다른 한 가지 생각을 도저히 떨칠 수가 없다. 그녀가 아직 떠나지 않았다는 으스스하고 초월적인 생각. 내 주위는 온통 사실을 반증하는 삶과 죽음의 파편들이다. 요리책에서 떨어진, 조목조목 꼼꼼한 그녀의 손글씨로 쓰인 감자그라탱 레시피가 그렇고, 그녀가 크리스마스 선물로 힘들게 구해준 J. R. 애컬리의 『우리 개 튤립』* 초판이 그렇고, 죽음 이후 그녀 집에서 발견한 수수께끼 같은 CD가 그렇다. '캐럴라인을 위한 음악'이라고 제목이 달린 이 CD는 노라 존스와 피오나 애플부터 에디트 피아프에 이르기까지 한 곡 한 곡 우리 모두가 품은 알 수 없는 열정의 고백을 담고 있다.

언젠가 캐럴라인은 삶의 일차적인 모호성을 "기쁨의 어두운 이면"이라 말했는데, 요즘은 그 반대쪽 면이 펼쳐진다. 이곳도 저곳도 아닌 행복한 중간지대로, 작가 스스로 뛰어드는 둔주상태** 속으로 내가 그녀를 데려와 함께 걷고 있으므로. 개들과 함께 뛰노는 풀밭과 숲에서, 로잉 수업과 토론과 한가한 전화통화에서 매번 그녀는 온전하게 살아 있다. 이즈음 그녀의 죽음은 저만큼 떨어진, 닫혔으되 잠기지 않은 어느 문 너머에 있다. 하지만 지금 이 순간은 강바람에 그을린 그녀가 깔깔 웃고 있다. 곧 전화가 울리고 우리 중 하나가 묻겠지. 지금 뭐해? 그러면 모든 게 다시 시작될 것이다.

---

* 개에게 전혀 관심이 없던 중년 남성이 저먼셰퍼드를 입양해 삶이 바뀌는 이야기를 그린 소설.

** 극심한 스트레스를 경험한 뒤 자신의 정체성과 과거에 대한 기억을 잃고 익숙한 환경을 갑자기 벗어났다 돌아오는 일시적인 기억장애.

9.

겨울이 되면서 캐럴라인의 기침이 시작됐다. 아직은 심각하지 않은 마른기침 정도였고, 캐럴라인의 본래 목소리에 흡연자 하나가 걸걸하게 반주를 까는 것 같았다. 책을 끝내느라 기력이 떨어지지 않았더라면, 목표대로 5킬로그램쯤 살을 찌울 수 있었을 것이다. 크리스마스에 그녀는 나에게 메주자* 를 선물하면서 새집에 축복이 들도록 현관문 가까이 달아놓으라 했다. 몹시 추운 1월 저녁에는 내 생일을 축하하며 함께 외식을 했다. 그녀가 좀 가라앉아 보였지만, 우리 둘 다 집필과 감정적인 피로감 때문이려니 여겼다. 캐럴라인은 건강이

---

* 성서 신명기의 구절이 적힌 양피지 조각을 보관한 작은 케이스. 유대인 가정에서 문설주에 달아놓는다.

염려되면—알고 보니 실제로 염려를 하고 있었다—오직 한 사람, 언니 베카에게만 털어놓았다.

겉으로는 무관한 듯 보이지만 훗날 그 의미를 되새겨보게 될 두 가지 사건이 일어났다. 언제나 수영장을 사오십 번 왕복하던 캐럴라인이 고작 일곱 번 만에 더이상 움직이지 못한 일. 또 쌀쌀한 3월 초 어느 화창한 오후에는 프레시폰드에서 갑자기 전조도 없이 다리에 힘이 풀려버렸다. 금세 기운을 차리고 공원 벤치에 앉아 내게 전화를 했는데, 상황을 설명하면서도 그녀는 별일 아닌 것처럼 넘어가려고 했다. 무슨 까닭이 었는지는 그저 짐작해볼 뿐이지만 여하튼 나는 필요 이상으로 불안하고 급박하게 이 소식을 받아들였다. 걷는 시간도 아까워 잡아채듯 차 열쇠를 들고 집을 뛰쳐나가 몇 블록 떨어진 연못까지 차를 몰았다. 주차장 위쪽 오르막에 있는 그녀를 보고 나는 뛰기 시작했다. 가까이 가니 그녀는 아무 일도 아니었다며 고개를 저었다—저혈당 때문에 순간적으로 기운이 떨어졌을 뿐, 일시적인 일이니 염려할 것은 아니라고.

그날 내가 그렇게 놀란 이유는 무엇보다 캐럴라인이야말로 내가 지금껏 만난 이들 중에 가장 극기심이 강한 사람이었기 때문이다. 그녀는 좀처럼 아프지 않았고, 어쩌다 앓아도 칭얼대는 일이 거의 없었다. 그런데 그 질긴 마른기침이 나아지지를 않았다. 그녀는 담배를 절반으로 줄이고, 다시 또 절반으로 줄였다. 묘하게도 나는 그때 내 건강이 걱정스러웠다. 흔한 겨울철 유행성 질환으로 두어 차례 쓰러진 뒤로, 평소와 다르게 답답한 불안감을 떨쳐내지 못하고 있었다.

캐럴라인은 흉부 엑스레이를 찍고 폐렴 치료를 받았다. 항생제 덕분에 이삼 주 정도 증세가 호전되었다. 3월 말답지 않게 날이 따뜻하고 강물이 잔잔하던 날, 우리는 지난가을 이후 처음으로 보트를 꺼냈다. 그녀는 보통 때처럼 8킬로미터를 노를 저었다. 그로부터 얼마 지나지 않아 입원을 하게 되지만, 그때, 그날은 바람 한 점 없고 수면이 거울처럼 잔잔했다. 오후 늦게 함께 산책을 하며 캐럴라인은 시즌 첫 로잉이 이렇게 수월하게 느껴지기는 십오 년 만에 처음이라고 했다.

후에 이어진 잔인한 되새김의 나날 동안 이 말이 자꾸 기억났다. 이 완벽했던 로잉으로부터 이 주일 뒤 일요일 늦은 밤, 모렐리가 캐럴라인을 응급실로 실어갔다. 열이 펄펄 끓었고 다시 폐렴이 도졌다. 이틀 동안은 의사들도 결핵이 아닐까 의심했기에 우리 모두가 병실에서 마스크를 써야 했다. 그래, 마스크. 캐럴라인은 간호사들이 더이상 마스크를 쓰지 않고 자신에게 극도의 친절을 베풀기 시작한 순간 나쁜 소식을 직감했다고 후에 말했다.

기관지경검사가 끝났을 때 마침 나도 그 자리에 있었다. 검사 결과 그녀의 폐에서 수술 불가능한 종양이 발견되었고, 비소세포성 선암 4기라는 진단이 내려졌다. 이 검사를 하기 전 이틀 동안 나는 터무니없게도 긍정적이었다. 암에 걸리기에는 너무 젊다고, 간에서 발견된 정체불명의 반점들도 별거 아닐 거라고 캐럴라인을 안심시켰다. 베카는 캐럴라인처럼 심한 압박에도 평정과 침착을 잃지 않는 성품이었다. 회복실에 앉아 기다리는 동안 그런 베카로부터 최악의 상황에 대비해야 한다는 말을 듣고 나는 너무 놀라 말문이 막혔다. 베카 역시 의사였고, 내 필사적인 낙관보다 그녀를 훨씬 더 신뢰할 수 있었으니까. 그때 폐질환 전문의가 회복실로 들어와서 껑충한 몸을 가까운 의자에 던지다시피 앉더니, 일말의 친절인지 어깨를 으쓱해 보인 뒤 말을 시작했다. "수술 불가능한" "괴저성" "완화제" 같은 단어들 앞에서 주변의 다른 말들은 다 지워졌다. 그리고 끝이 임박했음을 알리는 기분 나쁜 완곡어법의 한마디. "환자의 고통을 덜어줄 수는 있습니다."

이후 그날 있었던 일 중 두 가지를 나는 유난히 또렷하게 기억한다. 하나는 다시 병실로 옮겨진 캐럴라인을 내가 양팔로 감싸안으니 그녀가 울던 일. 그때 그녀가 처음 했던 말은 이것이었다. "나한테 화났어?" 나쁜 소식에 대한 원초적인 반응, 초기의 공포가 실린 음성이었다. 담배 때문에 다툰 일을 두고 한 말인지, 아니면 자기가 내게서 떠나리란 것을 알기에 한 말인지는 아직까지도 모른다.

다른 한 장면은 그날 늦은 오후, 클레먼타인을 산책시키고 캐럴라인에게 필요한 물품을 사러 한참 병원 밖에 나와 있을 때 일이다. 동네 공원 쪽으로 걸어내려가는데 저편 농구코트에 친구와 일곱 살배기 딸 소피가 있었다. 내가 그들을 보았을 때 마침 소피가 공을 잡아 슛을 던졌다. "엄마!" 아이가 소리쳤다. "봤어?" 아이가 코트에서 첫 승리를 거둔 순간이었고, 나는 그 승리의 우연한 목격자가 되었다. 그렇게 손만 뻗으면 쉽게 잡히는 기쁨이 얼마나 강력한지 나는 숨이 멎을 듯했다. 햇빛 찬란한 이 오후에 캐럴라인은 죽어가고 있고 소피는 슛을 넣었다. 엄마! 그렇게 아이는 지치지 않는 생명력으로 공을 던지고 있었다.

그뒤 며칠은 불길한 속보들로 얼룩졌다. 추가검사 결과 캐럴라인의 간과 뇌까지 암세포가 전이된 것으로 밝혀졌다. 주말쯤엔 이미 암 전문의가 팀에 합류해 뇌에 응급 방사선치료를 시작했고, 다섯 시간에 걸친 최초의(그리고 필사적인) 화학요법에 들어갔다. 항생제 투여로 2차 폐렴은 깨끗이 사라진 뒤라, 진단을 받은 시점부터 치료로 몸이 쇠약해지기 전까지 잠깐 캐럴라인의 컨디션이 나쁘지 않던 시간이 있었다. 모두 충격에서 헤어나지 못한 채 위기 앞에 닥친 일들로 정신이 없었다. 연락할 사람들 명단을 작성하고, 꼭 필요할 것 같은 물건들을 챙겨야 했다. 이를테면 그녀가 아끼는 티셔츠, 거북등딱지로 만든 빗 같은 것. 모렐리는 저녁교대가 시작된 뒤에 몰래 루실을 병원에 데리고 들어올 방법을 찾아냈다. 덕분에 루실까지 모두 함께 침대에 올라가 포장해온 이탈리아음식을 나눠먹기도 했다. 어느 날 저녁에는 캐럴라인이 한심한 농담으로 나와 모렐리를 웃기다가 돌연 중간에 말이 끊기고 이어지지 않아 셋이 한참 서로를 바라만 보고 있었다. 최루성 TV영화의 한 장면 같았다. 죽음이 곁에 왔을 때 나타나는 그 찰나의 빛을 필터 삼아 보면 모든 것이 어처구니없고 소중했다. 처음 진단을 받던 날 밤, 캐럴라인은 모렐리에게 청혼했다며 결혼식 계획을 세우자고 내게 말했다. 투병 초기의 가슴을 후비는 그 다정한 기억은 이후 몇 주를 견디는 힘이 되었다.

하루는 아침 일찍 그녀가 전화를 걸어왔다. 나는 수화기를 들자마자 물었다. "괜찮은 거야?" 그녀가 대답했다. "응, 도망쳐나왔어—보트를 타러 갈까 해." 병원 바로 옆이 강이고 고층에 위치한 그녀의 병실에서는 매일 아침 로잉하는 사람들이 지나는 찰스강 굽이가 내려다보였다. 동이 트자마자 침대에서 보이는 광경이 그 보트들이었다. 입원하고 며칠 못 가 그녀는 간호사들에게 커튼을 열지 말아달라고 부탁했다. 그런데 그날 아침은 여전히 농담을 하며 조만간 다시 강에 나갈 것처럼, 아직은 그런 척이라도 할 수 있었다. "우리가 그립다." 그날 아침 그녀가 전화 너머로 말했다. "우리가 함께한 삶이 그리워."

모든 것이 예전과 다르다는 것을 알기에 우리가 서로에게 이 점을 전하는 방식은 명확하면서도 그만큼 조심스러웠다. 우리는 그녀가 작성중인 유언장에 대해서도 대화를 나눴다. 어느 날 밤 그녀는 모렐리와 내게 앞으로도 영원히 일주일에 한 번씩은 개들을 함께 산책시킬 것을 약속하라고 했다. 그리고 "내 보트와 리넨 의류"는 게일에게 유품으로 남긴다고 했다. 실은 몇 주 뒤 오스틴에 다녀올 일이 있어 그달 초쯤 그녀 옷장에 걸린 재킷의 절반을 내가 빌려간 일을 두고 한 말이었다. 무엇도 그녀의 삐딱한 유머를 누를 수는 없었다. "맙소사." 진단을 받고 이틀째 밤 연락할 사람들 명단을 작성하다가 그녀가 말했다. "이제 사람들의 투병담을 들어야겠군."

하지만 밤에 병원에서 집으로 돌아오면 나는 캄캄한 뒤뜰에 서서 한창 핀 분꽃 향기에 얼굴을 묻고 흐느꼈다. 클레먼타인을 산책시키고 나면 인터넷에 들어가 의학지에서 비소세포성 선암에 관한 글을 찾아 읽었다. 아직 우리 대화에 오르지 않았지만 나는 '예후'라는 용어를 알았다. 의사인 친구 두 명에게 전화를 걸었고, 둘 다 친절하게 가감 없이 솔직한 의견을 들려주었다. 둘 중 누구도 캐럴라인에게 남은 시간을 두어 달 이상으로 보지 않았다.

이런 통화 도중에 나는 많은 것을 메모했다—급히 갈겨쓴 복잡한 정보, 의사 친구들이 썼던 표현, 불가해한 것을 내 나름대로 정리한 것. '4기—비소세포성 선암' 밑에는 '최악, 가장 진행된 단계'라고 적었다. '간에 생긴 종양…… 방사선치료가 통증과 뇌부종에 도움이 된다.' 그리고 메모 끄트머리에는 더 작은 글씨로 이렇게 적었다. '생명 연장에는 아무런 도움이 못 됨.'

폐에 생긴 종양의 발생 원인에 대해서는 캐럴라인의 담당 의사들도 의견이 분분했다. 폐질환 전문의는 흡연과 관련이 있다고 단언했고, 암 전문의는 그렇지 않다고 확신했다. 캐럴라인에게 이것은 대단히 중요한 문제였다. 내게는 전혀 아니었지만, 그래도 매일 전장에서 어쩔 수 없이 비극의 잔해를 마주하는 사이 마음이 무감각해졌을지 모를 폐질환 전문의의 판정으로부터 캐럴라인을 보호하려고 노력했다. 캐럴라인은 진단을 받은 바로 전주에 스스로 담배를 끊었고, 이 사실에 집착을 보였다. 거식증과 알코올중독을 극복하기까지 자기파괴에 맞서 기나긴 싸움을 치렀듯, 이번에도 스스로를 구하려는 엄청난 노력을 해낸 것이 맞는지 확인해야만 했다. 종양의 원인에 내가 크게 신경쓰지 않은 것은 현실적인 이유

때문이었다. 캐럴라인의 흡연을 줄곧 걱정하긴 했지만 그것이 진짜 원인인지는 암 진단에 티끌만큼도 영향을 미치지 못했다. 건물에서 떨어지는 것을 막지 못했다면 누가 밀쳤든 매한가지 아닌가.

화학요법을 시작하던 금요일 밤, 병실에 가보니 캐럴라인은 내가 가져다준 티셔츠를 입고 팔에 링거를 꽂은 채 침대에 있었다. 셔츠를 가져도 되느냐고 묻기에 나는 물론이라고 대답했다. 그녀는 병원에서 나가면 수영장에서 기록을 잴 수 있도록 자신의 새 수중시계에 프로그램을 설정해달라고도 부탁했다. 항상 그녀가 내 걸음에 보조를 맞추었듯, 지금은 내가 그렇게 하고 있었다. 그녀가 리드하면 나는 뛰어들었다. "이런 일이 생기기 전이었다면 말이야." 그날 밤 그녀는 이런 말도 했다. "만약 누군가 폐암에 걸려서 네 군데나 전이됐다는 얘기를 들었으면 아마 나도 '어쩌나, 그 사람 육 개월밖에 안 남았네' 그랬을 거야." 그러고는 링거를 꽂은 날씬한 근육질의 팔을 들어올리고 웃으며 고개를 저었다. "하지만 의사들은 내가 얼마나 강한지 몰라."

이 모든 게 어제 일 같기도 하고 아주 옛날 일 같기도 하다. 상상 속에 고정된 시간과 공간의 깊은 균열 사이에서 벌어진 일인 것만 같다. 이 모든 게 기억나는 것은 내가 이 모든 것을 기억하고 있기 때문이다. 사랑하는 사람과 위기의 순간에 나눈 대화는 마치 나무에 난 상흔처럼 윤이 난다. 지금은 내 기억을 떠올리며 깜짝 놀라지만, 그럴 일은 아닌 것 같다. 나는 캐럴라인의 목소리를 내 가슴에 새겨놓았으니까. 그 목소리, 그 억양과 음역과 타이밍이 완벽한 유머까지. 이것을 잃을 일은 없다.

월요일이 되니 화학요법의 영향이 강하게 나타났다. 진단을 받고 며칠 안 되어 캐럴라인이 자신의 상담치료사—그녀가 이십 년 동안 알고 지내며 좋아한 사람—에게 연락했으나 그는 아직까지 병원에 나타나지 않았다. 아마 상황의 엄중함을 뒤로 미뤄보려고 캐럴라인도 상담치료사도 애를 쓰고 있었을 것이다. 그날 캐럴라인은 그동안 지켜온 신체적 심리적 평정을 모두 잃었다. 지독하게 앓으며 기운을 차리지 못했다. 나는 오후 내내 누워 있는 그녀 곁을 지키고 앉아 있었다. 네댓 시간이 흐르는 동안 캐럴라인은 깨어났다 움찔했다 다시 잠들기를 되풀이했다. 나는 물수건을 차가운 것으로 바꾸러 갈 때를 빼고는 자리를 뜨지 않았다. 힘들 것 없는 기이한 보초를 서며 시간도 생각도 다 사라졌다. 캐럴라인은 그날 오후 내내 오빠와 내가 나오는 꿈을 꾸었다고 나중에 말해주었다. 그녀의 오빠도 병실 안팎을 서성거리고 있었다.

전화가 울렸고 그녀가 깰세라 내가 서둘러 받았다. "캐럴라인?" 남자 목소리였다. "아니요." 내가 말했다. "게일이에요.” “아, 게일이군요.” 캐럴라인의 상담치료사였다. 그는 내 이름을 알아들었고, 자기 이름이 나에게 친숙하리라는 것도 알고 있었다. “저는 데이비드 허조그입니다.” 나는 손으로 송화구 옆을 감쌌다. “안 그래도 전화하려고 했어요.” 내가 말했다. “여기 오셔야 해요. 지금 당장이요.”

그날 저녁 그가 병원에 찾아왔다. 나중에 캐럴라인과 나는 나의 간단명료한 명령—그녀가 하지 못한 것, 두려움의 경계를 넘어 그에게 손 내미는 일을 해치운 내 능력—을 떠올리며 함께 웃었다. 그는 곰 같은 사람이었다. 나는 몇 주 만에 그를 열렬히 좋아하게 됐고, 온 세상이 고장난 자이로스코프처럼 돌아가는 상황에서 그의 강인함과 솔직한 친절에 의지했다. 의학적 현실과 감정적 현실이 충돌할 때 허조그는 내 대화상대가 돼주었다. 이틀이 멀다 하고 꼬박꼬박 전화해 내가 잘 견디고 있는지 살펴준 사람도 그였다. 캐럴라인이 어떤 고통을 견디고 있는지, 그녀에게 시간이 얼마나 남았는지 그에게는 터놓고 얘기할 수 있었다. 우리는 서로를 저버리지 않을 친밀함이라는 맞춤 외투를 덧입었다. 풍동시험에도 끄떡없을 결속이었다. 우리 두 사람이 캐럴라인의 삶에서 중요한 존재라는 것도, 각자에게 어떤 상실이 기다리고 있는지도 우리는 알고 있었다.

여기는 캐럴라인과 내가 오랜 세월 허물없이 공유해온 또

다른 초원이었다. 그녀가 허조그라 부르는 이 사람은 거식증 너머 캐럴라인이 다시 세운 삶에서 기둥 같은 존재였다. 강한 아버지에 대한 애착이 깊었던 그녀도 나도 각자 남자 정신과 의사에게서 안식을 찾았다. 더 중요한 것은 정신역동 심리치료에 대한 공통된 믿음이었다. 이 치료는 길고 지난한(대개 지루하기도 한) 시간 동안 내 사연의 깊이를 감당할 수 있는 목격자와 함께 내 두려움과 과거가 놓인 방안에 나를 머무르게 했다. 우리는 상담치료가 당연시되는 문화환경—이스트코스트, 1960년대를 경험한 세대—에 속해 있기도 했고, 치료를 통해 각자가 해온 작업이 나라는 사람과 스스로가 확보한 모든 기반에 결정적인 영향을 준다고 생각했다. AA 모임에 참석할 때나 개들의 진실 혹은 충직을 마주할 때와 마찬가지로 캐럴라인과 나는 상담치료에 내재된 변화의 힘을 굳게 믿었다.

그 주 내내 병원에 있던 캐럴라인은 마침내 집에 돌아갈 수 있을 정도로 기운을 차렸다. 모렐리가 캐럴라인을 돌보기 위해 그녀의 집으로 들어갔다. 의사들은 다음 몇 주간의 화학요법을 견딜 수 있게끔 약물치료와 방사선치료로 안정적인 상태를 유지하길 원했다. 투병으로 인해 할 수 없게 된 소소한 일들은 그녀의 친구들과 친지들이 맡았다. 모두 교대로 개를 산책시키고 요리사와 운전사를 자처했다. 캐럴라인은 건강

염려증 환자들이 결코 이해하기 힘든 실제 투병지대에 진입했다. 그저 베이글을 한 조각 삼키거나 통화를 마치는 일조차 힘이 드는 캐럴라인의 주위를 우리 모두 애끓는 어미닭처럼 맴돌았다. 캐럴라인이 고집을 피워 나는 그녀와 함께 개들을 데리고 프레시폰드로 짧은 산책을 나가보았다. 반도형 산책로의 위쪽 구간을 빙 도는 100미터 남짓한 거리—평소라면 오 분 정도 걸릴 거리에 이제 세 배의 시간이 걸렸다. 벤치에 잠깐 앉아 쉬며 개들에게 비스킷을 주고 다시 걸었다. 그녀가 비틀거리면 내가 팔을 뻗어 잡아주었다. 무의식적인 동작인 만큼 가슴 아픈 역할의 반전이었다.

작은 신경증상도 하나둘 나타나기 시작했고, 내 생각에는 무엇보다 이것이 캐럴라인을 화나게 했던 것 같다—그녀는 내 앞에서 수건을 두 번 떨어뜨렸는데 대신 집어주려는 나를 제지했다. 이즈음 우리의 대화는 군데군데 해독이 필요한 암호 같긴 했지만, 물살을 가르던 시절의 캐럴라인처럼 확신에 차 있었다. 내가 늙으면 그녀가 나를 위해 요리해주기로 한 오래전 약속을 암시하며 나는 "그냥 나한테 수프 끓여주기 귀찮아서 이러는 거지"라고 얘기하곤 했다. 퇴원 후 처음으로 암 전문의를 만나고 온 날 밤 그녀는 전화로 자기 병명의 예후 통계들을 읊기 시작했다. 현재 진행중인 임상실험, 매사추세츠종합병원의 최신 연구, 최대 이 년에서 오 년까지 생존할 가능성 등등 내가 이미 읽어 알고 있는 내용의 낙관적인 버전이었다. 그녀가 맑고 차분한 음성으로 이런 이야기를 줄줄이 늘어놓는 동안 나는 눈을 찌를 듯한 거실 조명을 의식하며 말없이 듣고만 있었다.

"핵심은 시간을 얼마나 버느냐지." 캐럴라인이 말했다. 우리는 둘 다 울지 않고 침묵을 지켰다. 나는 그녀에게 내 걱정을 끼치고 싶지 않았고, 그녀를 어떻게 돌봐야 하는지도 자신이 없었다. 그저 화학치료 예약에 맞춰 병원에 태워가고, 별 도움이 되지 않는 음식을 만들어주고, 그녀의 신호 하나하나에 신경쓰는 게 전부였다.

그런데 탈모가 진행되면서 그녀의 자제심이 무너졌다. "바보 같아 보인다는 거 알아." 그녀가 말했다. "하지만 내가 집중할 수 있는 게 이것뿐이야. 나머지는 너무 엄청난 문제들이라." 수년간 그녀의 긴 머리를 다듬어준 남자 미용사가 주말에 집으로 찾아와 머리를 짧게 깎아주었다. 그는 장미 한 다발을 들고 왔고, 머리를 잘라준 값을 극구 사양했다. 나는 미국암학회에서 발행한 치료 부작용과 탈모에 관한 소책자를 구해 읽고 그녀가 사용할 모자와 스카프를 대여섯 개 주문했다. 하루는 화학요법실 앞 대기실에 앉아 둘이 함께 카탈로그를 넘기며 웃다가 갑자기 왈칵 눈물이 쏟아지기 시작했다. 울 생각이 전혀 없었는데 한번 쏟아진 눈물은 멈출 줄을 몰랐다.

고개를 저으며 나는 그녀가 내미는 손을 만류했다.

"얼마나 나쁜 상황인지 자기에게 말하기가 두려워." 내가 말했다. "그런 말을 하면 자기는 내가 상황을 감당할 만큼 강하지 못하다고 생각할 테고, 그래서 자기 불안을 숨기려 들까봐 겁나."

"게일." 그녀가 답했다. "얼마나 나쁜 상황인지 나도 이미 알고 있어. 어떤 면으로는 나보다 자기와 모렐리에게 더 가혹한 일이라는 것도."

우리 주위에는 화학요법을 받기 위해 대기중인 이들이 많았는데, 이 대화가 오가는 동안 우리에게 눈길을 준 사람은 아무도 없었다. 다만 한 여성이 휴지상자를 건네주고는 다시 읽던 잡지로 눈을 돌렸다. 나로서는 이런 상황이 안도가 되고 가르침이 되었다. 이곳에 있는 이들은 누구도 낯선 이들의 감정에 불편해하지 않는 것 같았다. 우리도 죽음에 직면한 자들의 은밀한 문화에 발을 들여놓은 것이다. 죽어가는 사람들, 살려고 애쓰는 사람들이 있는 이곳에선 심장의 맨살이 훤히 드러났다.

때는 5월 초의 화창한 오후였다. 우리는 일찌감치 병원에 도착해 햇살이 내리쬐는 야외에서 땅바닥에 책상다리를 한 채 서로를 마주보고 앉아 있었다. 이때쯤 캐럴라인의 작가활동은 이미 중단된 상태였는데, 잊어버리고 미처 취소하지 못한 미해결 원고가 하나 남아 있었다. 애견잡지에 보낼 그녀와 루실에 대한 에세이였다.

"무슨 얘기를 써야 하지?" 그녀가 물었다. "함께 살던 개를 잃는 것보다 더 괴로운 일이 있다면 자기가 개보다 먼저 죽는다는 사실을 아는 거라고?"

그녀의 음성이 갈라졌다. 내가 가보지 못한 두려움 너머의 어딘가에 그녀가 서 있다는 것을 나는 알았다. 그리고 가장 힘들지만 할 수 있는 최선의 행동은 조용히 입을 다물고 듣는 일이라는 것도. 희망이나 안도의 거짓 약속은 모두 우리가 처한 자리에서 도망치려는 시도일 뿐이었다. 햇살이 비치는 마운트오번병원 잔디밭, 내가 손가락으로 그녀의 손목을 감싸쥐고 앉은 이곳이 지금의 우리 자리였다.

* * *

이른 5월, 친구 마저리네 집 뒷마당에서 캐럴라인과 모렐리는 결혼식을 올렸다. 이러쿵저러쿵 말이 많았을 이 결혼식은 친구들의 손을 거쳐 소박하고 평화로운 시간으로 탈바꿈했다. 불굴의 샌디, 빨간 머리에 키가 훤칠한 이 여성은 캐럴라인의 절친한 친구이자 〈피닉스〉의 예전 편집자이며 당시 필라델피아에 살고 있었다. 캐럴라인의 투병기간 동안 고속도로를 부리나케 오가던 그녀는 캐럴라인이 골라 신을 수 있도록 빨간 구두 다섯 켤레와 직접 만든 라이스푸딩을 한 통 가득 들고 결혼식 전주에 먼저 도착했다. 캐럴라인의 사촌 모니크는 자기 결혼식에 입었던 바닥까지 닿는 눈부신 버건디색 드레스를 제공했다. 결혼식 당일 아침, 친구 테리—평소 뒤뜰에 닭을 길러 동네에 활기를 불어넣는 인물이었다—는 마저리네 집에 이르는 블록 전체를 새틴리본과 백합으로 장식했다. 모렐리는 신랑이자 사진사로 이중의 역할을 수행했다. 다른 이들을 위해 그날의 순간들을 기록하면서 본인도 쉽지 않은 하루를 버티게 해준 훌륭한 작전이었다. 루실이 반지 전달을 맡고(캐럴라인이 새틴쿠션이 달린 하네스를 찾아 걸어주었다) 내가 루실의 변변찮은 안내자가 되었다. 결혼식에서 낭송하기에 걸맞은 사랑과 언약에 관한 시를 한 편 찾아달라는 캐럴라인의 부탁도 있었다. 나는 적당한 것을 고르느라 며칠을 보냈다. 연애시들은 대부분 머리 위에 먹구름이 드리우는 상황을 가정하지 않는다. 하지만 캐럴라인이 무엇을 원하는지 나는 이해할 수 있었다. 우리 두 사람 다 해피엔딩을 간절히 원했지만 그렇다고 해피엔딩을 꼭 믿지는 않았다. 어느 모로 보나 인생은 그렇게 순탄하지 않다는 게 입증되고 있지 않은가. 어렵사리 에드나 세인트 빈센트 밀레이*의 소네트 한 편을 찾았다. '반짝이는 운명의 물레'를 파괴하는 숙명에 대해 이야기하는 시이고, 우리가 감당할 수 있을 만큼의 진실을 담고 있었다. 마침 시를 읽고 있는데 캐럴라인에게 전화가 왔다.

"하나 찾았어." 내가 말했다. "그런데 아무리 봐도 너무 음울하다." 그러고서 그녀에게 첫 몇 행을 읽어주었다. "원컨대 당신이 나를 사랑한다면, 내 기쁨을 안아주시기를/잠시라도, 아니라면 당신의 눈물로 내가 울게 하시기를."

"됐어." 도중에 불쑥 그녀가 말을 잘랐다. "바로 이거야. 그걸 읽어줘야 해."

결혼식날 모렐리가 우리 둘을 찍어준 사진이 한 장 있다. 사진 속에서 우리는 한 쌍의 그레이하운드 새끼들처럼 꼭 달라붙어 있다. 결혼식이 끝난 밤, 캐럴라인과 모렐리와 나는 그녀의 소파에 드러누워 그날 하루를 세세히 되짚었다. "기분이 어때?" 곁에 누운 캐럴라인에게 내가 물었다. 그녀는 눈을 감고 빙그레 웃었다. "위로받은 느낌이야."

사흘 뒤 나는 나흘 일정으로 오스틴행 비행기에 올랐다. 대학 졸업식에 참석하기로 몇 달 전부터 예정돼 있었다. 공항

---

* 미국의 시인이자 극작가. 시 「하프 짜는 여자의 노래」로 1923년 퓰리처상을 수상했다.

탑승구에서 캐럴라인에게 전화를 걸어 포스트 9·11 시대의 공항경비원들이 내 카우보이부츠를 들고 사라진 얘기를 해주니 그녀가 소리내어 웃었다. 그때 탑승을 알리는 안내방송이 나오고 나는 목소리가 잠겼다. "두고 가기 싫다." 내가 말했다. "다녀와." 그녀가 달랬다. "다녀오는 동안 나한테 아무 일도 일어나지 않아." 그것이 우리가 말로 나눈 마지막 대화였다. 그날 밤 그녀가 케임브리지의 우리집에 전화를 걸어 메시지를 남겼다. 의사들이 다음날 병원에 오라고 한다는 내용이었다—두어 가지 새로운 신경성 경련 때문에 우려하고 있는데, 방사선치료에 따른 일시적인 증상으로 추측된다고 했다.

나는 금요일 아침 여덟시부터 두 시간 동안 졸업식 행사 무대에 자리를 지키고 있어야 했다. 무대에서 내려와 휴대폰을 확인하니 새 메시지가 세 개 와 있었다. 밤중에 캐럴라인이 구급차에 실려 응급실로 이송되었는데, 알고 보니 일련의 뇌출혈이 원인이라고 했다. 캐럴라인은 말을 못하게 되었다. 듣고 이해하는 능력이 어느 정도인지는 아직 분명하지 않았다. 나는 텍사스대학 교정에 서서 이 소식을 들었다. 처음에는 캐럴라인의 사촌이자 의사인 수전으로부터, 그다음에는 마저리로부터. 상황의 심각성을 이해한 마저리는 내게 어서 돌아오라고 했다. 그날 오후 오스틴을 출발해 시카고를 경유하는 비행편을 찾았다. 급히 차를 타러 가다가 그날 오전에 받은 명예상 상패를 길에 떨어뜨려 귀퉁이가 깨졌다. 나는 깨진 상패를 그냥 바닥에 내버려두고 갈 뻔했다. 무서운 찰나적 순간이었다. 마치 자잘한 삶의 징표들이 무언가 어두운 진실의 역류에 쓸려내려가고 있는 느낌이었다. 케임브리지에 돌아온 것은 자정이 지나서였다.

그뒤 며칠 동안, 캐럴라인을 사랑하는 우리들을 엄습한 공포는 일정 부분 그녀에게 무슨 일이 일어났는지, 그녀가 그것을 어떻게 겪고 있는지 정확히 알 수 없는 데서 왔다. 병실에 들어서서 본 캐럴라인의 두 눈은 두려움으로 사나웠다. 누군가 그녀에게 내가 왔다고 말해주었다. 그녀가 괴로운 울부짖음을 토해냈고, 내 귀에 그 소리는 두 가지 뜻으로 들렸다. 하나는 나를 알아보고 내는 단순한 소리. 다른 하나는 내가 나타난 것이 무슨 의미인지, 그 먼 거리를 되돌아왔다면 상황이 얼마나 심각한지 깨닫고 내는 소리였다.

말을 걷어내면 말을 둘러싼 온갖 수식이 보인다. 몸의 언어와 손짓, 눈빛이 하는 이야기까지. 모렐리와 캐럴라인의 형제자매가 모든 의료결정 대리권을 위임받아야 했지만, 그 주에 작성된 서류들에는 아직 필요한 서명이 되어 있지 않았다. 우리는 캐럴라인이 상황을 파악하고 펜을 쥘 수 있는지 먼저 확인하기로 했다. 내가 그녀의 손을 잡고 말했다. "캐럴라인, 나야. 내 말을 알아들을 수 있으면 내 손을 꽉 쥐어봐." 그녀가 지체 없이 세게 손을 쥐어 응답했다. "좋아." 내가 말을 이었다. "위임장에 자기 서명이 필요해. 할 수 있을 것 같으면—" 그녀의 응답에 나는 말을 멈췄다. 거의 내 손을 부러뜨릴 만큼 강렬한 힘. 그것은 조바심과 유능함이 고스란히 담긴, 완전하고 의미 있는 문장이었다. 그녀가 서류에 이름을 흘려 쓰는 동안 나는 그녀의 몸을 꼭 붙들었다.

그날 이후로 양팔이 그녀의 목소리를 대신했다. 어느 밤 병실 침대 옆에 앉아 있던 내가 캐럴라인이 누운 매트리스에 머리를 기댔다. 모렐리는 내 피로한 기색을 읽고 목 밑에 수건을 받쳐주었다. 방안의 밝기와 숨소리의 횟수 외에는 아무것도 중요하지 않았던 이후 며칠 동안 그가 셀 수 없이 베푼 자상한 행동 가운데 하나였다. 그때 캐럴라인이 팔을 뻗어 내 머리카락을 쓰다듬었다. 나의 며칠을 위로하고도 남는 손짓이었고, 우리는 그렇게 그대로 있다가 둘이 스르르 잠들었다.

우리는 몇 년을 수다로 보낸 사이였다—남들이 포기했을 상황에도 수다를 통해 감정과 대화와 복잡다단한 일상을 가닥가닥 해체했다. 이제 그녀가 더이상 말을 할 수 없었고, 그러니 나도 말을 하지 않았다. 침묵의 안무가 우리의 이야기가 되었다. 몇 시간씩 그녀의 침대 발치를 지키고 있어도 내가 거기 있는 것을 그녀가 알기는 하는지 모르겠는 시간이 대부분이었다. 하지만 캐럴라인과 나의 우정은 비언어적 소통으로 우아한 진실을 추구하는 결속에서 시작되었다. 몸놀림과 손짓과 눈맞춤이야말로 동물과의 대화에서 필수요소니까. 처음 그녀가 병상에 누웠을 때, 나는 그녀가 아끼던 티셔츠를 병원에 가져갔다. 뉴욕의 레스토랑 바킹도그런처네트Barking Dog Luncheonette의 티셔츠로, 등에 '**앉아! 기다려!**'라고 쓰여 있었다. 앉아서 기다리는 것이 무엇을 뜻하는지, 얼마나 정직하고 중요한지 나는 충분히 알고 있었다. 그래서 내가 한 일도 그것이었다. 앉기, 그리고 기다리기.

10.

그 담대함이란—물론, 그녀는 숨을 거두기까지 한참을 견뎠다. 뇌출혈이 일어나고 이삼일 안에 의료진이 그녀의 몸에 중심정맥관을 삽입해 모르핀을 투여했다. 이 약물이 고통을 충분히 억제해 부디 그녀가 근심 걱정 없이 자유로운 곳을 떠다녔을 거라고 나는 믿고 싶다. 진실은 알 길이 없다. 임종이라는 바로 이웃한 우주를 우리가 도저히 이해할 수 없는 것처럼. 하지만 이 의문은 그때도, 그녀가 떠난 뒤 몇 달 후에도 내내 집요하게 나를 따라다녔다. 목격자의 눈에 비친 고통이 막막하고 무력한 세계임은 나도 안다. 의식이 또렷한 멀쩡한 이들은 정녕 그 내막을 알아낼 수도, 어떻게 돌려놓을 수도 없는 광경을 지켜볼 뿐이다. 고통은 삶의 마지막 판도를 바꿔

놓고 죽음의 검은 외피를 희게 탈색시킨다. 고통은 시간의 바깥에 놓인 침침한 통로이며, 그곳에서는 오직 맹렬한 탈진감만이 당신을 제압하고 윽박질러 죽음이 들어서도록 문을 열게 만든다.

캐럴라인은 출혈을 일으킨 그날 밤 이후로 열여드레를 살았다. 모렐리는 루실까지 데리고 그녀의 병실로 거의 이사를 하다시피 했다. (어느 밤인가 병실을 나서던 새로운 조무사가 씨익 웃으며 "어휴 깜짝이야, 여기 개가 와 있어!"라는 말로 넘어가 준 것이 투쟁 끝에 우리가 얻은 즐거움이었다고나 할까.) 이 기간 동안 나는 불안할 만큼 에너지가 넘쳤다. 얼마쯤 지나면 큰 슬픔이 찾아오리란 걸 알면서 가능한 한 그 사실을 외면했다. 나는 병원에 있는 모렐리에게 저녁을 챙겨주거나, 손으로 이마를 짚은 채 허조그와 통화를 하곤 했다. 어느 오후에는 미네소타에 있는 루이즈와 한 시간 동안 전화기를 붙잡고 서로 시를 읽었다. 이따금 "아!" "오" 하는 외마디가 끼어들 뿐 통화 대부분이 침묵이었다. 나는 잠깐씩 강렬하게 세상과 소통했고, 이따금 느닷없이 흐느낌이 터져나올 때 외에는 아예 울지 않았으며, 낯선 이들에게 극도로 깍듯했다. 한번은 프레시 폰드를 산책하다가 친구 매슈에게 휴대폰으로 전화를 걸었더니 음성사서함으로 연결이 됐다. 그에게 길고 횡설수설한 메시지를 남기며 나는 우주를 이해하려고 애쓰는 아이처럼 심오해 보이는 질문을 더듬더듬 던졌다. “만약에 말이야……?” 내 목소리가 높아졌다. “그러니까, 바보 같은 소리라는 거 나도 아는데, 하지만 혹시라도 죽음이…… 나쁜 것만은 아니라면?”

순진한 질문이었을지 모르지만, 내가 휘청거리며 상실의 저편으로 향하고 있었음을 지금은 안다. 사망선고를 받아들이는 것은 슬로모션으로 계단을 굴러떨어지는 것과 같다. 한 칸에 하나씩 멍이 늘어나며 견딘다—쿵, 한 번 부딪히고, 넘어지고, 다시 한 칸 떨어지면서. 나는 탈진하여 쓰러지기 직전이었지만, 눈앞의 현실을 피해 달아나보겠다는 듯 맹렬한 목적의식으로 계속 움직였다. 텍사스에서 돌아오던 날 밤, 허조그의 집 전화번호를 구해 병원에서 그에게 전화를 걸었다. 병실을 찾은 그의 손에 은방울꽃 한 다발이 들려 있었고—다른 것은 몰라도 캐럴라인의 후각은 무사하리라는 배려였다—그가 그녀에게 다가가 꽃다발을 코에 대주었다. 이 꼼꼼한 자상함에 가슴이 먹먹했다. 그뒤 몇 주 동안 나는 캐럴라인을 사랑하는 다른 모든 이들 앞에서 억누른 괴로움을 허조그와 대화할 때만은 감추지 않았다. 끝이 머지않았던 어느 밤, 병원 복도에서 지금 상황을 어떻게 생각하는지 물으니 그가 말했다. “캐럴라인에게 아직 못 한 말이 있으면 다 해요.” 그래서 나는 안도하며 미소를 지었다. “하나도 없어요.”

내가 답했다. "이미 전부 다 했어요." 다음날 의료진이 모든 약물 투여를 중단했다. 그녀가 원한 바였다. 다 끝났다는 모렐리의 전화를 받고 나는 통곡하는 짐승처럼 부엌에서 울음을 토했다.

임종의 세세한 순간들은 가슴이 미어지도록 슬프다. 숨쉼, 기다림, 그리고 다시 숨쉼, 기다림. 몸이라는 훌륭한 장치는 언제 어떻게 멈출지를 잘 안다. 다만 캐럴라인은 워낙 강인하고 결연한 사람이라서, 이 마지막 과제의 끝을 향해 나아갈 때조차 팽팽한 힘을 놓지 않았다. 내가 여러 해 동안 물위에서 지켜보았던 그녀는 이제 앤 섹스턴*이 "하느님에게 가는 끔찍한 뱃길"이라 부른 그 여정에 오르고 있었다.

하느님이라, 내게 하느님은 마음을 읽을 수 없는 주인 같은 존재였다. 성인이 된 이후 주로 나는 믿음을 버린 냉담자이거나 환난에 처해서야 신을 찾는 신자로 살았다. 둘 중 어느 쪽으로든 답을 확신하는 사람들이 나는 항상 놀라웠다. 그러나 인간의 의식보다 더 크고 불가지한 존재에 대한 내 믿음이

---

* 내면을 고백하는 시를 쓴 미국의 시인. 시집 『살거나 죽거나』로 1967년 퓰리처상을 받았으며, 우울증에 시달리다 자살로 생을 마감했다. '하느님에게 가는 끔찍한 뱃길'은 그녀의 유고 시집 제목이다.

근저로부터 시험당한 적은 결코 없었다. 이따금 나는 병원의 작은 예배당에 들어가 침묵으로 몸을 감싼 채 어둠 속에 가만히 앉아 있었다. 그러고는 어깨를 으쓱하고 다시 캐럴라인의 병실로 올라갔다. 유난히 힘들던 어느 밤, 바깥 복도의 불빛을 물끄러미 바라보다 이 길의 참혹한 최후가 느껴지던 일을 기억한다—그 순간에는 맞은편에 아무것도 없는 돌담에 자동차를 들이받듯, 끝이 단순히 끝일 뿐인 것 같았다. 그때가 내 인생에서 가장 적막한 순간 중 하나였을 것이다. 그날 밤 그 방안의 유일한 신은 모르핀 한 방울인 것처럼 느껴졌다. 무無—살고 견디고, 그리고 죽는 생래적 본능 이외에 모든 것이 무의미한 우주—를 응시하는 것이 이런 것이구나, 하는 냉정한 깨달음이 들었다. 지금 내 눈앞에서 벌어지는 광경은 날이 새듯 일상적인 일이고 지금은 캐럴라인이 저물어야 하는 때였다. 거기에 광명도 의미도 없다는 사실이 나로서는 참을 수 없었다. 인간이 부활의 신화를 믿게 된 것도 무리는 아니었다. 그나마 그것이 암흑 속에 한 가닥 틈을 열어, 이 끝을 견디는 유일한 방편이 되었으리라.

그 어렴풋한 통찰을 다시 불러오려고 애를 써보지만 그때의 강렬함이 손에 잘 잡히지 않는다는 걸 깨닫는다. 우리는 망각하게끔 설계돼 있으니까. 우리는 다리를 세우고 언어를 배우고 아이를 낳고 막대기로 바위를 두드리며 리듬을 찾는 일을 계속해나가야 한다. 죽음이 나타날 때는 이 모든 것의 덧없음이 드러난다. 그러나 그것 역시 오래가지는 않는다. 죽음의 거센 흡입력을 기억하기란 손안에 물을 쥐려는 시도와 같다. 그 어두운 통로를 벗어나며 내가 얻은 깨달음은 이것이었다. 신의 존재에 대해 굳이 알 필요가 없다는 것—그 엄연한 광경의 바깥에 무엇이 존재하는지 혹은 존재하지 않는지 알지 못한다는 겸허함이 필요하다는 것. '없어서는 안 되는 수수께끼.' 이어진 몇 달 동안 이 구절이 뇌리를 떠나지 않았다. 마치 우주 속의 필연적인 내 위치가, 앎과 알지 못함의 경계에, 내게는 오만해 보이는 종교적 확신과 믿음 없는 세상의 절망 사이에 서 있는 내 자리가 그 안에 담겨 있기라도 한 듯.

캐럴라인이 죽던 날, 나는 원고 마감을 지켰다. 강한 척을 하려던 것이 아니라 앞으로 스물네 시간 안에 그녀의 심장이 멈출 것이고 그뒤에는 내가 무너지리라는 걸 알았기 때문이다. 글을 쓰면 당장 서너 시간은 비교적 고통 없는 시간을 보낼 수 있으리라는 생각도 있었다. 내가 유일하게 할 줄 아는 것이 글쓰기라서 나는 그날 글을 썼다. 추측하건대 아마 그녀도 그러기를 바랐을 것이고, 그녀라도 그렇게 했을 것이다.

일요일이었던 전날은 밤늦게까지 병원에 있다가 캐럴라인

의 형제자매와 모렐리를 남겨두고 집으로 돌아와 열 시간 동안 놀랄 만큼 깊이 잠을 잤다. 캐럴라인은 사흘 전부터 의식이 없었다. 나는 그녀 곁에 앉아 숫자의 의미를 알 수 없을 때까지 그녀의 숨소리를 셌다. 마지막으로 내가 부둥켜안았을 때 그녀의 몸은 불덩어리처럼 뜨거웠고, 움직임이 없는데도 격렬한 에너지가 흐르고 있는 것 같았다. 그녀는 이미 수일 전부터 우리 곁에 없었다.

월요일 밤 자정을 갓 넘겨 전화벨이 울렸다. 자동응답기가 대신 받을 때까지 나는 침대에 앉아 전화기를 노려보고 있었다. 캐럴라인 오빠의 음성을 듣고 아주 잠깐 이런 생각이 스쳤다. 만약에 내가 전화를 받지 않으면 캐럴라인은 죽지 않을 거야. "앤드루?" 수화기를 들고 답하니, 그의 점잖은 목소리가 내 귀에 대고 내가 이미 알고 있는 그대로를 말해주었다. 전화를 끊은 뒤, 나는 불을 끄고 얼마 동안 어둠 속에 누워 있었다. 그리고 일어나 필라델피아에 사는 캐럴라인의 친구 샌디에게 전화를 걸었다. 샌디는 벨이 울리자마자 전화를 받았다. 우리는 길게 통화를 하고, 유리병으로 반딧불이를 잡는 아이들처럼 둘이 동시에 초를 밝혔다.

이어진 며칠 동안 나는 스스로 놀랄 만큼 침착을 잃지 않았다. 캐럴라인은 케임브리지를 중심으로 여러 모임의 사람들—애견인, 작가, 로잉하는 사람, AA 모임 사람—을 알고 지냈다. 그때쯤 되니 투병 사실이 꽤 알려진 터라 이웃에서도 종종 나를 붙잡고 그녀의 안부를 물었다. 그녀의 사망일 오후 클레먼타인을 데리고 프레시폰드에 가던 길에도 두세 사람이 나를 멈춰 세웠는데, 한 나이든 남성은 내 대답을 듣고 눈물을 쏟았다. 나는 사제처럼 위압적인 냉정을 유지했다. "안타깝게도," 내가 그의 팔에 손을 얹고 말했다. "어젯밤 자정 무렵 죽었습니다."

나중에는 이런 평정의 시기를 있는 그대로, 즉 혼돈의 유예로 받아들이는 법을 차츰 배웠다. 그러나 당시는 나조차 나의 태도에 흠칫 놀랐고, 이때의 흐릿한 기억은 다른 몇몇 원초적인 반응들과 더불어 이후로도 나를 움찔하게 만들었다. 그날 나는 집으로 돌아가 일개 군단을 먹이고도 남을 만큼 블랙빈 요리를 만들기 시작했다. 찾아오기로 예정된 사람은 아무도 없었다. 문득 어린아이 같은 잔인한 실리주의가 발동해 나도 모르게 친구들의 머릿수를 헤아리고 있었다—누가 이쪽 편에 남아 있지? 스스로가 무엇을 하고 있는지 알아차린 뒤에는 즉석에서 속으로 명단을 만들고 그이들의 이름을 대충 휘갈겨 냉장고 문에 붙여두었다. 이들은 내가 새벽 세시에도 전화를 걸 수 있는 사람들이었다. 결국 아무한테도 새벽 세시에 전화를 걸지 않았는데, 그건 필시 나에게 그 명단이 있었기 때문일 것이다.

그날 밤 블랙빈 요리는 바닥이 났다. 사람들이 우리집에 하나둘씩 나타나더니 계속 모여들어, 주방을 통해 뒤뜰로 나가기도 하고 현관 계단에 모여 앉기도 했다. 본인의 상실 경험을 통해 성숙한 지혜를 얻은 마저리는 얼굴에 아름다운 미소를 띠며 마당으로 들어섰다. 톰은 울면서 전화하더니—"어이구, 괜찮은 거야?"—중국음식을 잔뜩 들고 나타났다. 프란체스카는 캐럴라인과 모르는 사이지만 나를 염려해서 인동덩굴을 들고 찾아왔다. 그 인동덩굴은 지금도 우리집 마당에 우거져 자란다. 캐럴라인과 나를 처음 맺어주고 우리와 절친한 사이였던 훈련사 캐시는 남편 리오와 함께였다. 그들은 주방에 서서 울고 웃으며 캐럴라인이 내게 로잉을 가르쳐준 초코루아호의 일화를 들어주었다. 개들과 사람들과 빈 접시들이 집안 구석구석을 채웠고, 한밤중이 되어서야 나는 수면제를 한 알 먹고 잠을 청했다. 이 모든 상심과 나란히 아이러니와 경이가 느껴졌다. 캐럴라인과 나는 비슷한 고요와 고독 속에 은신하다가 서로에게 손을 내밀었다. 그런데 이제 그녀는 없고, 그녀가 떠나며 내 문을 사방으로 활짝 열어둔 것이다.

우리가 일평생 애도를 배울 수 있는 기회는 단기집중강좌가 유일하다. 캐럴라인이 죽기 전까지 나는 반대편 세상, 순진함과 선형적 기댓값의 세계에 속해 있었고, 애도라는 것이 그저 쓰라린 슬픔과 그리움의 영역이며 서서히 희미해지는 감정이라고 생각했다. 이 정의에는 일시적인 착란, 상실이 가하는 치명타, 더 복잡미묘하고 지독히도 강렬한 일련의 감정이 모두 누락돼 있었다. 몇 주, 어쩌면 몇 달간 나는 마치 물에 잠긴 것처럼 움직였지만 사망일부터 추도식까지 처음 며칠은 정신을 차릴 수 없는 눈물과 경악의 연속이었다. 나의 일부는 금요일 아침 추도예배에서 낭독할 시를 찾아 소리내 읽는 연습까지 하며 섬뜩할 만큼 민첩하게 상황에 맞는 동작들을 수행했다. 그러나 다른 한쪽의 나는 이 단계에서 다음 단계로 도저히 넘어갈 수 없을 거라고—마음속으로, 그리고 사람들 앞에서 캐럴라인을 놓아보낸다는 건 난해한 끈이론만큼이나 혼란스럽고 불가해한 일이라고—단단히 믿고 있었다. 집을 떠나 오하이오에서 그녀의 부고를 들은 오랜 친구 피트가 전화를 걸어 안부를 물었다. 나는 두려워서 차마 하지 못했던 말을 그에게 털어놓았다. "도저히 할 수 없을 것 같아." 다음날 치를 추도식 이야기를 하던 중이었다. "어떻게 하면 좋을지 모르겠어."

피트는 잠시 침묵을 지켰다. 그러다 그가 들려준 말은 영원히 내 귀에 맴돌 만큼 큰 위안이 되었다. "모르는 게 아니야, 게일." 그가 말했다. "인간인 이상 우리는 오랜 세월 이런 일을 해왔어. 그러니까 이건 말이야—그저 몸이 시키는 대로 하면 되는 거야."

조심스럽게 살아와서 비교적 세간에 알려지지 않았고 대중의 관심으로부터도 안전하다고 얼마쯤 믿었던 캐럴라인이 추도식 광경을 봤더라면 아마 눈이 휘둥그레졌을 것이다. 마운트오번공동묘지 예배당은 추모객들이 차고 넘쳤다. 오전 내내 차가운 장대비가 쏟아지는 날이었고, 캐시가 집으로 나를 데리러 와주었다. 예배당 입구가 보이는 차 안에서 나는 캐시에게 안으로 들어갈 자신이 없다고 말했다. 고맙게도 그녀는 서둘러 안심시키려 들지도 내 말을 그저 비유적인 표현으로 넘겨듣지도 않았다. "문까지는 갈 수 있겠어요?" 캐시가 물었다. 4미터가 채 못 되는 거리였다. 문까지 걸음을 뗐더니, 모렐리가 기다리고 있었다. 거기부터는 괜찮았다.

그날 아침 내가 읽은 루이즈 보건*의 시 「종막을 위한 노래」는 이렇게 시작된다. "이제 당신의 얼굴을 가슴에 새기고 보니, 내 눈은/당신의 이목구비보다 거무스름해지는 뼈대에 더 머뭅니다." 추도식 이후 이틀 동안 나는 시의 운율을 머릿속에 담고 다녔다. 산책을 갈 때도 수영을 할 때도 잠들기 전 마지막 생각을 할 때도 이 운율이 감미로운 배경음이 돼주었

* 시인이자 비평가. 1945년 미국의 첫 여성 계관시인이 되었다.

다. 마치 먼 옛날의 합창대가 내 안에 머물며 아름다운 성가를 들려주듯, 내 움직임에 운율이 되고 달리 표현할 길 없는 슬픔에 반주가 되었다. 이틀이 지나자 시는 도로의 빗물처럼 자연스럽게 사라졌다.

* * *

애도 초기에는 충격적일 만큼 광포하게 감정이 날뛴다. 건잡을 수 없이 사납고 절망적이다. 슬픔에 이를 수만 있다면 슬픔은 감당할 수 있을 것 같았다. 나는 애도의 순전한 물질성에 아무런 대비가 되어 있지 않았다. 납으로 안감을 댄 외투처럼 몸을 내리누르는 둔통을 털어내기까지 몇 개월이 걸릴지 몰랐다. 내가 상실에 대해 뭔가 안다고 생각했던들—캐럴라인이 없는 상태, 두려움이 물러가고 근심이 멈춘 이후의 상태를 어떻게 예상했던들—그것이 새로운 불변의 세계를 뜻할 줄은 짐작도 하지 못했다. 나는 캐럴라인의 항시 부재라는 현실에 살고 있는 것 같았고, 때로는 그 명백한 사실이 내 숨통을 꽉 틀어막는 듯했다. 추도식을 치르고 보름쯤 지났을 무렵, 친구 둘을 위해 저녁을 준비하게 되었다. 간신히 한 끼 분량의 절반쯤 음식을 차리고서야 내가 지금 뭘 하고 있나 싶은 생각이 들었다. 간소하디간소한 치킨라이스 접시—깜빡

하고 다른 요리는 더 만들지도 않았다—앞에 너그럽게 앉아준 친구들에게 양해를 구하고 나는 주방으로 들어가 조리대에 몸을 기댔다. 그녀가 죽었다, 이 말이 떠올랐다. 그 자체로 참혹한 말이었다. 나는 죽음을 에둘러 완곡하게 표현하는 문화가 언제나 싫었다. '세상을 떠났다' '유명을 달리했다' '고이 잠들었다'. 이런 말들은 회피적이고 감상적인 것 같았다. 죽음이라는 개념에서 그 진술의 효력이 탈색되는 것 같았다. 이제는 어째서 이 단어를 희석했는지 이해가 되었다. 그녀는 죽었다.

내가 겪고 있는 상황을 이해하기 위해 닥치는 대로 글을 읽었다. 프로이트의 『애도와 우울증』, W. H. 오든, 에밀리 디킨슨. 프로이트보다 시가 더 도움이 되었다. 몹시 힘들게, 그러나 아마도 무의식적으로 나는 이중 상실이라는 고르디아스의 매듭을 끊기 시작했다. 만신창이가 된 지금 나의 외로움은 캐럴라인의 마지막 몇 주 동안 그녀로 인해 겪은 괴로움과는 별개의 것이었다. 직접 겪어보기 전까지 죽음에 대해 하는 말은 모두 상투적이다. 나는 적막감으로 미칠 것 같았고, 적막감은 종종 노여움으로 둔갑했다. 난데없이 엄습하는 원초적인 분노에 대해 말해주는 책은 없다. 죽은 사람과의 동거를 대신할 그나마 견딜 만한 대안은 이런 분노뿐이다. 죽음은 아무도 청하지 않은 이혼이며, 이것을 견디고 산다는 건 잃고서는 도저히 버틸 수 없을 줄 알았던 존재와 절연할 길을 찾는 것이다.

나는 나도 모르게 우리 우정의 강도를 의심하거나 무시하고 있었다. 마치 사랑을 버리면 고통을 건너뛸 수 있을 것처럼. 이런 시도의 효과는 이십 분을 넘기지 못하거나, 아니면 우리 둘을 아는 누군가에게 "그래, 어쩌면 우리가 그렇게 가깝진 않았을 거야"라고 했다가 상대방이 웃음을 터뜨리며 끝이 났다. 내가 좋아하지 않던 캐럴라인의 특징을 일일이 떠올려볼까도 생각했다. 그런 점은 몇 가지 없었다. 혹은 보트를 타고 강에 나가 그녀에게 소리내어 말을 걸기도 했다—그런 시간이 잦아지고 길어지면서 결국 강의 특정구역을 '캐럴라인 예배당'이라고 부르기 시작했다. 나는 그녀에게 루실의 근황을 보고하고, 사람들이 했던 관대하거나 어리석은 언행을 전하고, 우리 모두가 어떻게 버티고 있는지도 알려주었다. 그러던 어느 날 남들 눈에 내가 어떻게 보일까—여자 혼자 스컬보트에 앉아 보이지 않는 친구를 향해 웃고 떠드는 모습이라니—하는 생각이 머리를 스치면서, 내 일방적인 대화의 공허함과 잠재적 정신이상 조짐에 가슴이 답답해졌다. "어느 게 더 나쁠까?" 나는 그녀에게 물었다. "내가 자기한테 말을 하는데 아무도 듣지 않는 것과, 자기가 거기서 기다리고 있는데 내가 말을 안 거는 것 중에서?" 내가 침묵하면 그녀가 얼마나 무력감이 들까, 아마 화도 나겠지, 싶은 생각이 들었다. 그래서 나는 계속 말을 했다. 수년 전에 일어났던 일들도 끌어와 투덜거렸다. "그때 보트시트 잃어버렸다고 나한테 화낼 일이 아니었어." 이런 이야기들. "순전히 실수였잖아!" 또 이런 말도. "자기는 언제나 서둘렀어. 왜 그렇게 서둘렀던 거야?"

바람 없이 구름 낀 늦은 여름날, 캐럴라인이 수년간 속했던 리버사이드 보트클럽에서 몇 킬로미터 상류에 위치한 내 보트클럽으로 캐럴라인의 보트를 옮기기 위해 모렐리를 만났다. 물위에서 캐럴라인이 어떤 모습이었는지, 로잉이 그녀에게 어떤 의미였는지 우리 둘 다 잘 알았던지라 모렐리도 나도 몇 주 동안 이날을 두려움 반 기대 반으로 기다렸다. 케임브리지 보트클럽에 내 차를 세우고 리버사이드까지 그의 차로 이동했다. 캐럴라인을 잘 아는 클럽 멤버가 그녀의 스컬보트를 찾는 일이며 안쪽 구역에서 강까지 보트 나르는 일을 도와주었다. 캐럴라인이 쓰던 노는 모렐리가 가지고 싶어했으므로 나는 내 노를 미리 챙겨갔다. 보트를 내리고 노를 장착하는 동안 아무도 말이 없었다. 그러다 내가 모렐리를 한번 안아주었고, 두 사람이 보트를 밀어보냈다. 모렐리는 그 자리에 서서 내가 노를 저으며 멀어지는 것을 지켜보았다. 캐럴라인은 이 보트를 사랑했고 이 보트에서 내게 로잉을 가르쳐주었다. 생애 마지막 십 년 동안 그녀는 해마다 800킬로미터 남짓 노를 저었다. 그녀 자신이 고요한 비행의 한 장면이었다. 나는 모렐리에게 무너지는 모습을 보여주고 싶지 않았다. 처음 50미터를 가는 내내 오직 한 가지 생각, 내가 계속 가지 않으면 그가 견디기 힘들 거라는 생각에만 정신을 집중했다. 첫번째 다리에 이르러 그가 나를 볼 수 있는 마지막 지점을 지나자마자 방향을 틀었다. 그리고 노깃을 세워 그늘진 곳에 보트를 멈추고 노 손잡이에 얼굴을 파묻은 채 울었다.

11.

캐럴라인의 집이 팔리기 전까지 첫해 겨울은 모렐리와 내가 그 집을 돌보았다. 둘이 교대로 찾아가 우편물을 수거하거나 차에 시동을 걸어보고 난방이 되는지 점검했다. 유난히 혹독한 겨울이었다. 실내온도가 12도쯤 되는 넓은 현관에 들어서면, 나를 기다리는 슬픔이 느껴져 마치 안개 속으로 걸어들어가는 것 같았다. 삶이 중단된 공간. 문 옆에는 여전히 캐럴라인의 신발들이 가지런히 놓여 있고 그녀의 외투—개 산책에 걸맞은 전천후 외투—주머니에 들어 있던 개 비스킷도 그대로였다. 냉장고 문에는 우리 둘이 부둥켜안은 사진이 붙어 있었다. 초코루아에서 첫 여름휴가를 보내며 톰이 찍어준 사진이었다. 그녀가 몇 년째 붙여놓은 자리에서 차마 떼지 못하고 있었는데, 집의 살림살이를 치우던 날 사라져버렸다—필시 오래된 양념병이며 비닐봉지며 그 밖에 삶이 지나며 흘려놓은 빵부스러기 같은 흔적들과 함께 버려졌을 것이다. 캐럴라인의 마지막 병원행 이후 루실은 모렐리가 데려가 함께 살고 있어서 루실의 냄새도 서서히 희미해졌다. 이 집에 갈 때마다 나는 매번 클레먼타인과 동행했다. 녀석이 흥분해 짖으며 캐럴라인과 루실을 찾아다닌 것은 첫 방문으로 끝이었다. 아마 내가 말해주지 못한 것을 녀석의 코가 알아냈는지, 그날 이후 클레먼타인은 내가 집을 돌아다니는 동안 얌전히 내 옆을 지켰다.

어느 날은 싸늘한 거실에 앉아 날뛰는 아픔에 몸을 내맡겼다. 오직 이곳에서만 내 마음이 거울에 정확히 비치는 느낌이었다. 나의 다른 자리들—내 집, 친구들과의 관계, 클레먼타인과 함께하거나 보트를 타거나 수영을 하는 나날—은 내 슬픔의 굴절된 형상을 담고 있었다. 그런 자리들은 모두 나를 품어주고, 우리의 이야기를 되비춰주었으며 잠깐씩 잊게 도와주기도 했다. 그러나 이곳은 우리의 이야기 자체였다. 쾌적하다고 할 수 없는 온도와 박물관 같은 정적이 흐르는 여기가 캐럴라인이 있는, 그녀가 떠난 자리였다. 이 장소는 하느님을 팔아버린 나의 불신앙과 나의 모든 변명을 뚫고 들어왔다. 그런 까닭에 나는 여기에 가야만 하는 동시에 가기 싫었다.

어느 오후엔가 물건을 살펴보러 위층에 올라갔다가 예전에 우리 둘이 하던 대로, 또 어린 시절 언니와 즐겨했던 대로 그녀의 옷장을 뒤적이기 시작했다. 내가 거울 앞에 서서 우리가 좋아하던 스웨터와 블라우스를 입어보는 동안 클레먼타인은 바닥에 엎드려 가만히 나를 쳐다보았다. "나보다는 전에 자기가 입은 게 더 낫네." 내가 캐럴라인에게 말을 걸면 클레먼타인이 옆에서 고개를 갸웃거리고, 그러면 나는 또다른 옷을 걸쳐보았다. 그러는 내내 나는 절박하고 혼란스럽고 죄를 짓는 심정이었다. 이 괴로운 감정과 충분히 거리를 두고 이 일을 이해하게 되기까지 몇 해가 걸렸다. 나는 그녀가 남긴 것은 무엇이든 내 것으로 하고 싶었다. 상실감에 젖은 가족들이 흉한 램프나 싸구려 커피메이커를 두고 옥신각신한다는 이야기를 그전부터 들었는데, 이제 그 심정이 이해되었다. 내가 느끼는 지독한 허기는 경박함의 발로도 탐욕도 아닌 가장 근원적인 의미의 소유욕이었다. 나는 아직도 그녀의 운동가방과 우비를 가지고 있다. 한동안은 내게 너무 큰 그녀의 겨울부츠도 신어보았다. 터무니없이 헐렁했지만 마음은 편안했다.

메멘토 모리. 죽은 자를 상기시키는 것들. 우리가 이런 지나간 시간의 표지—무덤에 남겨진 야구공과 장신구, 카드—를 갈망할 수밖에 없는 건 고인이 남긴 자리를 이것들이 메워주기 때문일 것이다. 그녀가 떠난 뒤의 물리적 공백은 해가 서쪽으로 기울고 거리에서 집 한 채가 사라지는 것 같은 물리적인 현상과 대단히 흡사했다. 클레먼타인은 수년간 캐럴라인이 몰던 도요타 RAV 특유의 경적을 들을 때마다 꼬리를 흔들며 소리가 들리는 방향으로 몸을 틀었다—내가 보기에 이 순수한 조건반사는 세상에 있다가 사라진 존재에 대한 하이쿠였다.

어제는 글쓰기의 기초재료가 되는 아이디어 초안과 내러티브 맵 뭉치에서 내가 나에게 적어놓은 메모 하나를 발견했다. "그녀의 죽음을 마주하라." 그 대목으로 들어갈 차례임을 스스로 상기하려고 노트패드 맨 위에 이 한 줄을 적어둔 것이다. 하루 지나 그걸 보는데 숨이 턱 막혔다. 순간적으로 다른 누군가가 내린 명령처럼 느껴졌다. 그녀의 죽음을 마주하라. 애도의 궤적을 정의할 수 있다면 이 세 단어가 아닐까. 여기에는 아주 긴 시간이 필요하다.

로잉을 배우고 난 1998년 여름, 어느 저녁인가 강에 나갔다가 문득 사랑하는 아버지가 머지않아 나를 떠나겠구나, 나에게는 캐럴라인과 로잉이 있으니 견뎌지겠지, 생각하던 기억이 난다. 우리는 누구나 겁이 날 때마다 내 편의 수를 헤아린다. 현대 서구사회는 이것을 대개 핵가족의 테두리 안에 한정시켜왔다. 남편이 쓰레기 치우는 일이나 수지결산을 맡을 거고, 부모님이 돌아가셔도 언니가 있으니 든든하리라는 식이다. 그러나 가족 바깥의 대상에게 헌신을 약속하고 무의식중에 다른 계획을 구상하는 이들도 세상의 큰 부분을 차지한다. 캐럴라인과 나는 우리의 상황과 욕구에 따라 그런 의존을 일정 정도 서로에게 할당했다—형제자매나 모렐리처럼 일상적인 친밀감, 하루하루 정을 나누는 가까운 대상에 서로를 포함시킨 것이다. 우리집 여벌 열쇠를 누구에게 줄까, 누구의 번호를 비상연락처로 지갑에 넣어 다니지? 이런 명단은 어느 정도 나이가 되기 전까진 아예 고민조차 하지 않는다. 그때까지는 책임을 내 것으로 생각하기보다 멀리할 궁리를 하기 마련이다. 그러다가 애착의 대상이 생기면서 명단이 구체화되기 시작한다. 캐럴라인과 나는 서서히 서로의 삶에서 부동의 1순위를 차지하게 되었다. 그녀와 모렐리가 재결합한 이후에도 이 순위는 굳건해서 몇 년째 우리의 농담거리로 오르내렸다. 그녀가 떠나고 몇 주일 뒤 어느 오후, 모렐리와 샌디와 나는 연못가 벤치에 앉아서 캐럴라인과 가장 가까운 세 친구로서 앞으로 어떻게 살아야 할지 허심탄회한 이야기를 나누고 있었다. "어떡해." 내가 짐짓 괴로워하며 앓는 소리를 했다. "이제 애인을 구해야 할 것 같아." 이 말이 얼마나 적절하고 의미심장한지 이해할 수 있는 사람은 우리 셋뿐이었을 것이다.

인생은 반박의 여지 없는 전진운동이고, 죽은 이들 너머를 겨냥해 시위를 떠난 화살이다. 몇 달간 나는 시간이라는 것의 폭력성을 실감했다. 우리를 태운 대형 바지선이 캐럴라인만 기슭에 버려두고 떠나버린 것만 같았다. 어느 날은 낙엽을 치우다가 불현듯 사라져버린 존재의 빈자리가 너무 크게 느껴져 하던 일을 멈추고 현관 앞에 털썩 주저앉았다. 이 모든 날 것도 숨 한 번 쉬고 나면 새싹에서 퇴비로 변해버리겠지. 캐럴라인은 이제 뼈와 가루와 기억이 되었는데, 나는 내 정원에 은신해 죽은 잎을 쓸고 있고, 새로 심을 구근들은 무심히 참을성 있게 제 차례를 기다리고 있었다. 어처구니가 없었다.

"전부 앗아가잖아!" 루이즈에게 장거리전화를 걸어 소리를 질러댔다. "삶이란 게 이런 껍데기라고. 그렇게 끝에 다다르면 그제야 알게 되겠지, 사악하고 잔인한 죽음이 눈앞에 있다는 걸." 언어의 위력을 무엇보다 신뢰하는 루이즈는 내가 떠드는 사이 내 말을 받아적었다. 그렇게 우리 중 누구도 기억하고 싶지 않은 그 순간, 아마도 살아가는 데 중심이 될 그 순간을 나 대신 포착했다. 혹시라도 죽음이 나쁜 것만은 아니라면? 캐럴라인의 죽음은 나에게 아주 크고 지독한 선물을 남겼다. 상실이 먼지나 달빛처럼 흔한 세상에서 살아가는 법을. 어떤 상실은 견디기 힘들지라도.

그러다가 마침내 부지불식간에 죽음의 수용이 심장을 감싸안는다. 그해가 가기 전 나는 오픈하우스가 진행중인 이웃집을 두리번거리다가 파블로 네루다의 소네트가 끼워진 액자를 보았다. 상실을 그렇게 공간적으로 표현한 글은 어디에서도 보지 못했었다. 캐럴라인의 죽음은 심장에 뚫린 빈자리였다. 나는 그 자리를 채울 수도 없고 채우기를 바라지도 않았다. 그녀의 부재는 그 자체로 하나의 실재이고, 범죄현장처럼 보존된 기억이었으며, 이 현장보존선을 제거하는 것은 무도한 행위일 터였다. 이런 생각들이 고개를 들며 나는 혼란을 겪고 있었다. 그때 네루다의 시를 보았다. 그는 애도하는 이들에게 죽음을 거처 삼아 그 안에 기거하기를 청하고 있었다.

부재라는 집은 너무 광막해
그 안에서 당신은 벽을 통과하고
허공에 그림을 걸리라.

나는 그 부재의 집에 살며, 사라진 존재의 자리를 슬픔이 대신할 때까지 거기서 위안을 구했다. "슬픔은…… 내게 그 아이의 기품 있는 모든 구석을 떠올리게 하거든요." 셰익스피어의 『존 왕』에서 아들을 잃은 콘스턴스는 말한다. "그러니 내가 슬픔을 사랑할 만하지 않은가요?" 다시는 캐럴라인 같은 친구를 만나지 못하리란 걸 알고 있었다. 나를 그토록 잘 아는 사람이 다시는 없을 것 같았다. 누구도 그녀를 대신할 수 없다는 사실은 달콤하고도 씁쓸한 의리였다. 이제 그녀 대신 내게 남은 것은 그녀의 죽음이었다.

애도는 본질적으로 자기중심적이다. 우아한 외관—초반에 쏟아지는 화환과 음식과 배려—을 벗기고 보면, 애도는 지극히 개별적이어서 관계 자체만큼이나 복잡한 궤적을 그린다. 사람들은 침대 옆자리의 온기나 저녁 무렵 웃음소리, 손짓을 그리워하기도 하고 함께 간 여행지나 함께 나눈 느낌을 그리워하기도 한다. 나는 수십 가지 이유로 캐럴라인이 그리웠지만, 그 모두를 관통하는 것은 실제 대화든 상상 속의 대화든 끊임없는 대화의 부재였다. "우리가 그립다." 병원 밖에 나왔던 그날 아침 그녀는 그렇게 말했다. 오랜 세월 글쓰기와 반려견 훈련과 삶에서 누구나 겪는 상처의 시험들을 거치면서 캐럴라인과 나는 서로의 머릿속에서 편안하고 듣기 좋은 음성이 돼주었다. 이제 내 생각들은 들어주고 알아주는 이 없이 베이스만 요란한 쓸쓸한 음악으로 저 혼자 울리고 있었다. 여러 달 동안 나는 계속 그녀에게 전화를 걸어 그녀의 임종이 어떤 의미였는지, 그녀의 죽음으로 내 삶이 어떻게 달라졌는지 얘기하고 싶었다. 그럴 수 있다고 반쯤은 믿고 있었다.

캐럴라인의 죽음 이후 처음 한 해 동안은 평소와 같은 일상, 이제 두툼한 침묵에 싸인 일상을 보내는 것 외에 내가 무엇을 했는지 잘 모르겠다. 산책하고 책을 읽고 빛의 변화를 지켜보는 일들. 나는 거실 소파에 앉아 우리를 사랑하는 사람들의 편지와 카드를 읽고 또 되풀이해 읽으며 우리가 함께 있을 적의 모습을 기억에 담았다. 평소 캐럴라인과 함께 보내던 휴일이 되면 친구 앤드리아에게 이끌려 모임에 나갔다. 로잉도 했다—그야말로 손바닥이 가죽처럼 빳빳해지고 심장이 느끼는 피로감으로 온몸이 욱신거릴 때까지 노를 저었다. 저녁 어스름 속에서 보트하우스로 돌아오면 보트를 물 밖으로 꺼내, 열심히 걸은 말에게 하듯 닦고 말려주었다. 글을 쓰기는 했지만 몇 달은 글쓰기가 별로 중요하게 여겨지지 않았다. 흙에서 생명이 나고 번식하고 다시 흙으로 돌아가는 차가운 순수생물학의 승리를 인간의 의식이나 계획으로 넘어서는 게 가능한지 남몰래 고민할 때가 많았다. 주로는 부인할 수 없는 그녀의 부재를 견디기 힘들었고, 기억 속에 남는 것이 곧 진정한 의미의 영생이라는 시시한 관념도 참을 수 없었다. 죽은 이들은 꼼짝도 않는데, 그들을 지나쳐 계속 앞으로 나아가는 산 자들의 의연함 혹은 착각은 어디에서 비롯되는지 궁리하며 보낸 시간도 허다했다. 처음에는 희망을 품는 것이 상실에 대한 모독처럼 느껴진다. 그래도 희망이 없다면 우리는 생존할 수 없었을 것이다. 여러 해 전 아직 젖먹이였던 첫아이를 잃은 친구가 있다. 아이를 떠나보내고 얼마 되지 않아 슬퍼하던 그녀가 들은 뼈아픈 위로의 말들 가운데, 죽은 사람에게 느끼는 강렬한 의리를 이해하는 어느 남성의 한마디가 있었다고 한다. "진짜 지옥은," 그가 친구에게 말했다. "이것을 결국 극복하고 산다는 사실입니다." 불가사리처럼, 제 살이 잘려나가도 심장은 죽지 않는다.

12.

북부 썰매개를 키우기 전까지 나는 뉴잉글랜드의 겨울이라는 심리적인 압박에 눌리지 않으려고 겨울이면 따뜻한 차와 난방기가 있는 집안에서 꼼짝도 하지 않았다. 그런 나를 클레먼타인은 별의별 이유로 바깥세상으로 끌어냈는데, 계절에 관해서는 특히나 인정사정없었다. 녀석과 나는 눈보라 속을 뚫고 빙판길을 걸었고, 영하 10도 밑으로 떨어지는 추위에도 어둑어둑한 오후 여섯시에 산책을 나섰다. 클레먼타인으로 인해 나는 겨울의 빛을 사랑하는 법을 배웠다—해거름 한 시간 전이면 골드로즈빛 하늘이 꼭 미니멀리스트가 그려놓은 듯한 헐벗은 나뭇가지들을 에워쌌다. 내 일과는 이런 빛의 변화와 클레먼타인의 욕구에 맞춰졌다. 캐럴라인이 떠난 뒤 나는 전과 다름없이 산책을 하기로 다짐했고, 시간이 흐르며 내 옆의 빈자리에서 위안을 찾기에 이르렀다.

하루의 글쓰기를 끝내면 클레먼타인과 나는 프레시폰드까지 몇 블록을 걸어갔다. 프레시폰드는 연중 내내 주민들이 아끼는 휴식처지만 특히 겨울이면 조깅과 개 산책에 열성인 사람들로 북적였다. 우리의 평상시 코스는 왕복 3, 4킬로미터였다. 어슬렁어슬렁 숲을 가로질러 지금은 방치된 골프코스에 이르면 클레먼타인은 신이 나서 거위들을 쫓아다니고 하늘에 길게 늘어진 비행운 꼬리를 올려보며 짖어댔다.

2004년 1월 말 어느 금요일 오후, 나는 집에서 1.5킬로미터 정도 떨어진 저수지까지 차를 몰고 가 인근 축구장에 차를 세웠다. 바깥 기온이 영하 9도까지 내려간 날이라 곧장 숲으로 향하고 싶었다. 낮이 차츰 길어지고 있었고, 햇빛도 한층 밝게 느껴졌다. 바삐 흘러가는 구름 아래서 우리는 한 시간쯤 걸으며 추위에 끄떡없이 걷고 있는 다른 이들과 간단한 말이나 고갯짓으로 인사를 나눴다. 클레먼타인의 나이 여덟 살, 개의 일생에서 품위와 활력이 조화를 이루는 나이였다. 숲에서 목줄을 풀어놓아도 녀석은 좀처럼 내 옆을 벗어나지 않았다. 저수지를 떠날 때는 "기다려" 한 마디면 걸음을 멈추고 내가 목줄을 매는 동안 마치 고삐를 늘어뜨린 말처럼 자리를 지켰다.

우리가 막 숲을 빠져나와 축구장으로 향할 즈음, 어떤 남자의 외침이 들렸다. “개 잡아요!” 클레먼타인은 목줄을 매지 않고 내 옆에서 걷고 있었다. 남자의 목소리에 담긴 위급함에 놀라 녀석도 나도 우뚝 멈춰 섰다. 10미터쯤 떨어진 축구장 관람석 옆에서 근육질의 젊은 남자가 바닥에 웅크려 목걸이도 목줄도 없는 핏불테리어 두 마리를 기를 쓰고 붙잡고 있었다. 눈 깜짝할 사이 남자의 손에서 풀려난 개들이 우리 쪽을 향해 돌진해왔다. 몸집이 더 큰 은백색 수컷이 클레먼타인을 땅바닥에 쓰러뜨리고 목을 짓눌렀다. 또 한 놈은 클레먼타인의 뒷다리 쪽으로 덤벼들었다. 클레먼타인의 몸은 30킬로그램에 두툼한 겨울털이 덮여 있었다. 사모예드는 겨울이면 카페트처럼 촘촘한 이중 털이 약 8센티미터까지 자란다. 클레먼타인은 몸부림을 치며 두 놈에게 저항했고 나는 목이 터져라 소리를 질렀다—“이 빌어먹을 개들 좀 데려가요!” 그사이 남자가 핏불테리어들을 잡으려 했지만 허사였다.

클레먼타인이 얼마나 다쳤는지 그때는 몰랐다. 남자가 덩치만 큰 얼간이인지도 알 턱이 없었고, 주위에는 도와줄 사람도 하나 없었다. 남자가 간신히 양손에 한 마리씩 개들 목을 잡았다. 나는 클레먼타인의 목걸이를 쥐고 소리쳤다. “제발 차 있는 데까지만 가게 해줘요.” 축구장은 철조망으로 둘러 있고 그 바깥은 길거리였다. 철조망 쪽 출입구로 가야겠다는 판단이 들었다. 개들을 놓치지 않으려고 버티는 남자가 가쁜 숨을 몰아쉬며 고개를 끄덕였다. "가요!" 남자가 소리쳤다. "개들은 내가 잡고 있어요." 클레먼타인이 목을 풀어달라고 숨을 헐떡이며 끙끙거렸다. 나는 녀석을 단단히 잡고 축구장을 가로질러 성큼성큼 걷기 시작했다.

절반쯤—30미터쯤—갔을 때 등뒤에서 남자의 고함이 들렸다. "조심해요!" 목덜미의 머리카락이 쭈뼛 서는 느낌이었다. 돌아보니 두 마리가 또다시 우리에게 전속력으로 돌진하고 있었다. 회색 덩어리가 번쩍하며 나를 향해 날아오는 것이 보였다. 다음으로 기억나는 것은 내가 땅바닥에 무릎을 꿇고 엎드린 장면이다. 회색 미사일은 몸집이 큰 수컷이었다. 몸무게가 45킬로그램 정도 되는 것 같았다. 암컷은 클레먼타인을 덮쳤다. 허둥지둥 몸을 일으켜보니, 2미터쯤 옆에 쓰러진 클레먼타인 위에 두 마리가 올라타 있었다. 한 놈은 목덜미를, 다른 한 놈은 배를 물어뜯고 있었다. 놈들은 아무 소리도 내지 않았다.

물풍선처럼 방광의 물이 빠져나갔다. 입고 있던 청바지가 축축하게 젖었지만 나는 남의 일처럼 침착했다. 아드레날린 분비로 민활성이 높아지는 이런 상태에서는 시야가 또렷하게 오직 한곳에만 집중되고 무엇이든 못할 게 없는 심정이 된다. 두려움이라기보다 일종의 격한 전율이 느껴졌다. 전투에 임하는 심정이 이렇겠구나, 하는 생각이 뇌리를 스쳤다. 교감신경계가 몸을 작동시켜 불필요한 것은 모두 제거되는 상태. 의식적인 노력의 개입 없이 나는 자동 전투태세로 돌입했다.

싸움에 뛰어들어 나도 개들의 등을 내리치기 시작했다. 나는 혹한의 날씨에 맞춰 두꺼운 오리털재킷을 입고 양털을 덧댄 엄지장갑을 끼고 있었다. 그 순간의 헛손질은 모두 그 장갑 탓이었다. 개들을 내리치다가 문득 내려다본 내 손이 어린아이 손 같던 기억이 난다. 그때 암컷 핏불이 먹잇감에서 방해물을 떼어내듯 대수롭지 않게 내 팔뚝을 물었다. 이 짧은 순간 가장 공포스러웠던 것은 개가 보인 사나움이 아니라 그들의 제어력이었다—흥미가 없지 않았을 텐데도 개는 마치 내 팔뚝을 나뭇가지처럼 다뤘다. 일반적으로 개의 공격은 개가 내는 소리와 제어력을 기준으로 진지함의 정도를 판단한다—조용한 공격일수록 상대를 죽이려는 의도가 강한 것이다. 그래서 나는 처음부터 이게 목숨이 걸린 상황임을 짐작했다. 핏불테리어들의 목표물은 내가 아니라 클레먼타인이었다. 암컷이 내 팔을 무는 틈을 타 수컷한테서 빠져나온 클레먼타인이 썰매개답게 맹렬한 속도로 숲으로 사라졌다.

그사이 남자가 개들을 붙잡아 제압하려 애쓰고 있었다. 나는 클레먼타인을 쫓아 달려갔다. 부상이 얼마나 심각한지, 겁에 질려 어디로 도망을 쳤는지 알 길이 없었다. 클레먼타인의 이름을 부르는 내 목은 고함을 지르느라 거의 쉬어 있었다. 오후 다섯시가 넘었고 날이 어두워지기 시작했다. 단색으로 변한 숲에서 나는 비틀거리며 눈을 헤치고 걸었다. 아무도 보이지 않았다. 새벽 두시까지는 클레먼타인을 찾아다닐 수 있을 거라고—그 정도 시간은 물이나 음식 없이, 신체적으로 탈진하지 않고 버틸 수 있을 거라고—혼자 터무니없는 논리를 펼치던 것이 기억난다.

여러 해가 지난 지금도 그날의 시각적 기억은 한 편의 영화처럼 선명하다—내가 입고 있던 옷, 내가 서 있던 위치, 흰 개를 찾아 어둠이 짙어지는 숲을 뒤지던 내 팔과 얼굴과 목소리의 느낌까지 생생하다. 기억에서 사라진 짧은 순간들도 있다—휴대폰으로 친구 피터의 음성사서함에 메시지를 남긴 것은 기억이 나는데, 그에게 전화를 건 일이나 전화를 걸어야겠다고 생각한 일은 잊어버렸고 오직 피터의 음성사서함에 녹음된 안내메시지만 떠오른다. 피터는 우리집에서 네 집 건너에 살았고, 내가 아는 어느 누구보다 개에 대해 해박한 사람이었다. 그의 음성사서함에 나는 기침이 섞인 소리로 이런 말을 남긴 것 같다. “핏불테리어들한테 공격을 받아서 클레미가 다쳤는데 숲에서 못 찾고 있어.” 후에 피터에게 듣기로는, 메시지를 받고 내 목소리를 못 알아차릴 뻔했다고 한다. 이어서 저수지 가까이에 사는 에이버리에게 연락했더니 곧장 내가 있는 곳으로 움직여주었다. 십 분 뒤 에이버리가 도착했을 즈음에는 처음 분비되었던 아드레날린이 몸에서 모두 빠져나간 뒤였고, 클레먼타인을 잃어버렸다는 실감에 나는 겁에 질려 온몸이 부들부들 떨렸다. 목이 쉰 나를 대신해 에이버리가 클레먼타인의 이름을 계속 불렀다. 그때 휴대폰이 울렸다. 숨을 헐떡이는 피터의 목소리가 들렸다. "지금 그쪽으로 가고 있어."

인생의 모든 자유낙하에는 심연 위로 손 하나가 불쑥 뻗어 나오는 듯한 순간들이 있다. 내게는 이때가 그런 순간 중 하나였다. 고민할 겨를도 없이 나는 피터에게 말했다. "아니야, 먼저 우리집에 가봐"—그의 집은 우리집에서 프레시폰드로 가는 길에 있었고, 우리가 사는 블록과 프레시폰드 사이에는 큰 도로가 하나 놓여 있었다. 이 분 뒤 다시 전화가 울렸다. 너무 빠른 회신이라 좋은 소식이거나 나쁜 소식 둘 중 하나이리라 직감했다. 내 귀에 대고 피터가 외쳤다. "찾았어!" 다리에 힘이 풀렸다. 에이버리가 나를 차에 태워 집까지 데려다주었다.

나는 항상 그날의 목격자가 있었으면 좋겠다고 생각했다. 누군가 나타나서 그날 클레먼타인이 집에 오기까지의 경로를 말해주면 좋겠다고 말이다. 개들한테 풀려나자마자 클레먼타인은 저수지 옆 숲으로 모습을 감추었다. 집으로 오자면 숲 너머 풀밭을 가로지르고 퇴근시간대의 혼잡한 4차선 도로를 건너야 했을 것이다. 그런 다음 우리집이 있는 블록까지 길을 두 개 더 지나야 했다. 교통량이 많은 도심을 거의 1.5킬로미터 이동한 것이다. 피터가 발견했을 때 클레먼타인은 우리집 현관 앞에서 떨고 있었다. 핏불테리어의 침으로 범벅이 된 몸으로 피를 흘리면서 집으로 돌아온 것이다.

네 시간 뒤, 수의사와 그의 조수가 클레먼타인의 털을 반 정도 깎고 등과 옆구리에 벌어진 상처들을 봉합하기 시작했다. 마취제를 놓는 동안 피터가 클레먼타인을 꼭 붙들어주었다. 아버지가 조마사였던 덕분에 피터는 날뛰는 동물을 저지하는 데 능숙했다. 동물병원 식구들은 클레먼타인이 새끼일 때부터 나와 클레먼타인을 알고 지냈다. 공격받은 일을 설명하는 내 전화를 받고 수의사 베스는 아무 말도 하지 못했다. 병원에 남아 있던 두 사람이 자초지종을 듣고 늦은 시각까지 우리를 기다려주었다. 밤 열시가 가까웠는데 다들 몇 시간째 아무것도 먹지 못했다. 집을 나서며 빵 한 덩어리를 챙기기는 했었다. 긴긴밤이 될 거라 예상했기 때문이다. 클레먼타인이 마취상태에 든 뒤에야 나는 수술실 바닥에 주저앉았다. 피터의 벨지언셰퍼드 클레오가 내 옆에 앉아 있었다. 클레먼타인은 엉덩이와 배를 여러 곳 물리고 등은 길고 깊숙이 찢어져 온몸이 상처투성이였다. 아마 촘촘하게 몸을 덮은 이중 털 덕분에 목숨을 구했을 것이다. 상처의 봉합이 모두 끝나고 마취가 풀리기 시작할 때, 나는 클레먼타인이 깨자마자 내 냄새를 맡을 수 있도록 수술대 옆에 웅크려 앉았다. 치료중에 수의사를 보조하며 클레먼타인을 붙들고 있어준 매기가 수술대 건너에서 내게 미소를 보냈다. "그래도요," 그녀가 말했다. "생각한 것보다 훨씬 더 잘 버티시네요."

나는 기쁨을 감추지 않았다. "당연하죠." 내가 말했다. "이 녀석이 이렇게 살아 있잖아요."

클레먼타인이 벌벌 떨지 않고 우리집 진입로 밖으로 걸음을 떼기까지는 일주일이 넘게 걸렸다. 하지만 썰매개인지라 녀석은 사회적 본능이 아주 강해서 심리적인 회복은 오히려 나보다 더 순조롭고 빨랐던 것 같다. 몸이 쑤시고 기운이 빠진 것 외에 그날의 공격이 내 신체에 남긴 흔적은 팔뚝의 검은 반달이 유일했다. 다음날 오후에 보니 핏불테리어 암컷이 물었던 자리에 놈의 입 크기만한 멍이 들어 있던 것이다. 두꺼운 오리털재킷과 스웨터 두 벌 위로 물린 자국인데, 하루가 지나 아드레날린이 모두 빠져나간 자리를 극심한 피로가 대신하기 전까지는 그런 멍이 생긴 줄도 몰랐다. 나의 방어벽이 허물어진 것은 루이즈와 통화를 하면서였다. 개를 사랑하고 나를 아끼는 루이즈는 최악의 상황에서 개와 인간을 어떻게 돌봐야 할지 아는 친구였다. 흰 장미를 보내 당장의 고통을 위로해주었고, 장기적인 피해에 대비해서—내러티브의 신봉자답게—훨씬 더 나은 해결책도 내놓았다. "냉정하게 들리겠지만 말이야." 첫번째 통화를 하며 그녀가 물었다. "모두 기록은 해두고 있지?"

용맹한 텍사스 여성인 어머니가 보여주는 의리는 좀 달랐다. 갓 아흔을 넘긴 어머니는 펜보다 칼을 앞세워 거친 반응을 보여주었고, 그것이 고마워서 나는 웃음을 참을 수가 없었다. 클레먼타인을 예뻐하는 어머니는 우리가 겪은 일을 듣고 몸서리를 쳤다. "이런 일이 생기면 너도 당장 총을 들고 싶지, 안 그러냐?" 유난히 마음이 동요하던 어느 날 어머니가 전화로 물었다. 대답하는 내 목소리가 떨렸다. "맞아요, 정말 그래."

"잘 들어라, 얘야." 마치 결심이 굳은 어린아이를 달래는 투로 어머니가 말했다. "그건 안 될 일이다."

우리가 공격받은 다음날 동물관리과에서 핏불테리어들을 데려가 격리시켰다. 수개월에 걸친 법정출석과 둘 중 한 마리는 안락사를, 다른 한 마리는 영구격리를 하도록 요구하는 시 차원의 긴 캠페인이 이어졌다. 개인적 차원에서는 불안과 때때로 엄습하는 그때의 기억, 다소 엉뚱한 걱정이 나를 기다리고 있었다. 위험이 지나간 뒤에 서서히 정신을 잠식하는 트라우마의 파편이었다. 본능적으로 나는 이미 내러티브의 순전한 힘을 무기로 이런 잔해에 맞설 태세가 돼 있었다. 숲에서 피터에게 전화를 건 순간부터 그날의 사건들은 견딜 만한 진실로 재구성되기 시작했다. 그리고 내게 있어 오래도록 수색과 구조의 신이었던 캐럴라인이야말로 이 이야기를 다시 들려줄 때 빠질 수 없는 산소 같은 존재였다.

그 사건 이후 약 삼 주 동안 나는 캐럴라인이 그날 클레먼타인의 목숨을 구했다고—클레먼타인을 개들로부터 떼어내 달리는 차량들을 피해서 안전하게 집까지 인도해주었다고—굳게 믿었다. 온전하고 절대적인 이 절실한 믿음 덕택에 나는 그 사건의 극악무도한 무작위성으로부터 나를 지킬 수 있었다. 끔찍한 일을 겪고 무사히 집을 찾아온 무용담으로 클레먼타인은 그 공격 이후 며칠 만에 동네에서 전설적인 존재가 되었다. 털이 깎인 상처투성이 몸이 시선을 끌어 지나가던 낯선 이들도 사연을 물었다. 연못가를 산책하다 캐럴라인을 아는 사람들을 만나면 나는 미친 여자 같은 눈으로 말했다. "내 생각엔 캐럴라인이 클레먼타인을 구해준 것 같아요!" 나는 신비한 영감보다 경험을 중시하는 성향이라 그런 말을 그렇게 확신에 차서 할 사람처럼 보이지 않았다. 그래서인지 사람들은 놀란 얼굴을 하면서도 친절하게 그냥 들어주었다. 사건이 있고 며칠 지나지 않아 비몽사몽간에 꿈을 꾸었다. 꿈속에서 나는 캄캄한 내 방에서 깊은 잠을 자다 깨어나 캐럴라인에게 말했다. "세상에 — 자기가 그런 거지, 그렇지?" 그녀는 당연한 것을 빨리 알아차리지 못하는 둔한 내가 재미있다는 듯 포근하고 너그러운 미소로 답했다. 나는 한동안 이 믿음을 크립토나이트* 방패처럼 두르고 다녔다. 클레먼타인과 풀밭에 설 때마다 무슨 위험이 도사리고 있는 건 아닌지 지평선을 샅샅이 훑지 않아도 될 때까지 내게는 그 힘이 필요했다.

그렇다면 지금은? 다시 이렇다 할 확신을 갖게 될는지는 잘 모르겠다. 아직도 나는 동화 같은 마술적 사고의 틀 안에서 나에게 이야기를 들려준다. 마법에 걸린 숲에서 괴물들을 무찌르는 그 이야기 속에서는 언제나 사랑과 용기가 위험을 이긴다.

---

* 〈슈퍼맨〉 시리즈에 나오는 가상의 신비한 광물.

"죽은 이들이 우리를 지켜줘." 축구장의 그 스산한 날로부터 한참 시간이 흐르고, 캐럴라인의 영혼이 우리를 집까지 인도해주었다는 이야기를 하고 다니지 않은 지도 이미 오래인 어느 날, 저녁을 먹으며 앤드리아에게 내가 한 말이다. 무슨 뜻인지 나조차도 긴가민가하고 입 밖에 내기 전까지는 그런 생각을 하는지 의식조차 못했는데, 내 입에서 튀어나온 말은 기도서의 문구처럼 확신에 차 있었다. 죽은 이들이 우리를 지켜준다. 이제 나는 이 말을 실감하며 강한 안도감을 얻는다. 캐럴라인의 죽음으로 나 혼자 전장에서 버티도록 내몰렸지만, 이제 그녀가 말없는 호위병이 되어 내 안에 함께 머무르고 있었다. 이런 애착이 기억 덕분이든 신의 가호이든, 이것은 내가 아는 그 무엇과도 다른 위안을 안겨준다. 그대는 나와 함께 있다. "전부 앗아가잖아!" 그날 밤 절망에 치여 전화기에 대고 루이즈에게 그렇게 소리쳤었다. 지나고 보니 전부 다 앗아가버리는 건 아니다.

클레먼타인이 습격당한 사건은 당시에는 나를 혼란과 불안에 빠뜨렸지만 그 여파로 깨달은 것이 있었다. 그런 공포와 폭력을 겪고도 내 개가 안전하게 살아 있는데, 친구를 잃은 슬픔이 무색해질 정도로 개를 걱정하는 나의 모성은 들끓고 있었다. 나는 달래지지 않는 나의 불안이 부끄러웠다. 클레먼타인은 살아 있고 캐럴라인은 죽었음에도 나는 지금 목숨을 구한 쪽을 두고 괴로워하고 있었으니. 애도의 지침서에서 가르쳐주지 않는 사실을 불현듯 깨달았다. 우리는 산 자를 위해서만 애를 태운다. 나는 아마 일생 동안 캐럴라인을 애도하겠지만, 더이상 그녀를 걱정하는 일은 없을 것이다.

그녀가 떠나고 몇 년이 흐른 뒤, 캐럴라인의 책 두 권에서 나에게 남긴 헌사를 발견했다—첫번째는 우리의 우정이 시작된 지 몇 달 만에 쓰였고 두번째는 이 년 뒤에 쓰였다. 처음부터 우리는 이 우정이 어딘가 남다르다는 것을, 시간의 침식으로부터 자유로운 우정으로 관계를 함께 가꿔나갈 것을 알았던 것 같다. "친애하는 나의 게일에게." 그녀는 『개와 나』의 서두에 이렇게 남겼다. "말로 다 표현하지 못할 사랑과 감사를 담아. 그대가—이 세상에, 숲에, 이 책에—존재함으로써 내 삶의 결이 달라졌습니다. 우리가 공유한 모든 것, 그리고 우리 예쁜 아이들과 함께할 앞으로 더 많은 세월, 더 많은 길을 위하여 건배!"

2002년 그 잔잔했던 날 강 상류로 옮겨온 캐럴라인의 보트는 이후 3000킬로미터 정도를 달렸다. 이제 나는 캐럴라인의 영원한 나이보다 열다섯 살이 더 많고 내 노의 움직임은 더 느려졌지만, 매번 시즌 시작점에서 움츠러들 때마다 눈을 감고 그녀의 정확한 스트로크를 떠올리며 자세를 바로잡는다. 여전히 그녀는 나의 코치다. 어느 오후 8킬로미터 로잉을 마치고 돌아와 보트를 제자리에 놓으며 그녀에게 큰소리를 쳤다. “아마 내가 꽤 대견하겠지.” 내가 로잉을 그만두지 않은 것을 대견해하리라는 뜻이었다. 끈기는 우리가 서로에게 감탄하는 덕목 중 하나였다. 하지만 지금은 그 말에 로잉보다 더 큰 의미가 내포되어 있었음을, 피로와 낙심과 악천후 속에서 기록한 그 모든 거리에 맞먹는 무엇이 더 있었음을 안다. 캐럴라인은 내가 그녀를 놓지 않았다는 이유로도 나를—그리고 우리를—꽤 대견해할 것이다.

13.

클레먼타인은 내 곁에 사 년을 더 머물렀다. 나는 종종 다이닝룸 바닥의 페르시아러그에 녀석과 나란히 누워 녀석을 꽉 끌어안으며 말하곤 했다. "열세 살까지 살 수 있는지 보자. 할 수 있겠지?" 그럼 녀석은 제 두툼한 가슴을 들썩이며 한숨을 내쉬고는 벌러덩 배가 보이게 드러누웠다. 클레먼타인을 집에 데려온 것은 1995년, 녀석이 태어난 지 팔 주 되었을 때였다. 날짜는 6월 3일, 마침 우리 아버지의 여든한 살 생일날이었다. 그때는 아버지가 돌아가시면 이 이중의 기념일로 아버지를 잃은 슬픔이 달래지겠지 생각했다. 그런데 캐럴라인이 죽은 날도 칠 년 뒤 6월 3일 자정이었다. 그래서 이 날짜는 다시 가슴 아픈 의미로 남게 됐다.

어린 새끼를 기르던 첫해, 보스턴항구의 해변 산책로인 캐슬아일랜드에 클레먼타인을 데려갔다. 바람이 많이 부는 3월이었고 캐럴라인과 내가 친구가 되기 얼마 전이었다. 긴 둑길을 건너가던 중에 바람이 거세지니 클레먼타인의 걸음이 주춤했다. 녀석은 지시를 구하듯 나를 올려다보고는 다시 힘들게 바람을 가르며 걸었다. 어떤 개를 키우든 처음 일 년은 관계의 곡선이 급커브를 그린다—서로가 누구인지, 자기가 어떤 상대와 함께하게 될는지 각자 알아가는 중이라서 그렇다. 우리의 눈이 딱 마주치고 녀석이 나를 앞으로 이끌기 시작한 순간 알 수 있었다. 우리가 팀이 되었음을, 녀석도 그것을 안다는 걸, 그래서 내가 가자고 하면 어디든 가리라는 걸.

그후로 십 년 동안 클레먼타인은 내 인생에서 가장 감정이 확장되고 즐거웠던 시절에 없어서는 안 될 존재였고, 가장 슬펐던 순간의 목격자였다. 내게는 다시없을 절친한 친구와 함께 나를 숲으로 이끈 것도 클레먼타인이었고, 캐럴라인이 죽어갈 때 매일 밤 병원에서 집으로 돌아오는 나를 기다려준 것도 클레먼타인이었다. 연로한 부모님을 보살피러 텍사스에 다녀올 때마다 그 여정의 끝에는 클레먼타인이라는 보초가 서 있었다. 부모님이 돌아가신 뒤 텍사스 태양 아래 두 분을 나란히 묻어드리고서 케임브리지로 돌아왔을 때, 클레먼타인은 현관에 들어서는 내 코끝을 가볍게 다독이듯 깨물고 내게 몸을 기댔다. 녀석은 그후 며칠간 좀처럼 내 곁을 비우지 않았다.

나이든 개들은 특유의 기품으로 시선을 끌기도 한다. 왕성한 활기가 세월을 거치며 노련한 위엄으로 자리잡고, 개의 일상과 사람의 일상이 조용하고 다정한 결혼생활처럼 안정되게 맞물린다. 열한 살이 되면서 클레먼타인도 나이 많은 암컷 사모예드에게 닥칠 수 있는 탈모가 시작되었고 그러면서 이전의 위풍당당한 순백의 이미지와는 한참 거리가 멀어졌다. 한때는 사모예드종의 모범으로 꼽히던 외모였는데 이제는 너무 안고 다녀 너덜너덜해지고 여기저기 기운 헝겊토끼인형처럼 보였다. 이따금 거리에서 마주치는 경솔한 사람들이 진심어린 관심보다 얄팍한 호기심을 내보일 때도 있었다. "어머, 개가 왜 이렇게 됐어요?" 그러면 나는 그저 그들을 약올리려고 "제가 보기엔 캐서린 헵번을 좀 닮았는데, 아닌가요?" 하고 대꾸해줬다. 내 눈에 클레먼타인은 언제나 똑같은 모습이었다. 말년에 접어들면서 우리의 산책은 점점 느려지고 짧아졌다. 어떤 때는 프레시폰드숲의 '버지니아 울프 벤치'까지만 다녀오기도 했다. 물가가 내려다보이는 이 화강암벤치에는 『올랜도』의 인용구가 새겨져 있었다. 내가 벤치에 누우면 클레먼타인은 그 밑에 누워 우뚝 솟은 소나무며 하늘을 올려다보았다. 내가 앞마당에 꽃을 심을 때는 세상을 뛰어다니기보다 관망하는 것이 흡족한 얼굴로 내 옆에 누워 있었다.

2008년 봄, 기관지염으로 시작된 클레먼타인의 기침이 나아지지 않았다. 복합적인 증상들이 마지막의 전조가 되는 노견들의 관문에 우리가 들어섰음을 직감했다. 클레먼타인마저 6월 3일에 내 곁을 떠날지 모른다고 생각하니 도저히 견딜 수 없었다. 그날 밤 나는 클레먼타인과 나란히 바닥에 드러누워 녀석을 끌어안고 말했다. "어이구, 잘 버텼다, 그렇지?" 두 밤을 넘기고 클레먼타인의 상태가 급격히 나빠지기 시작했다. 녀석에게 고통을 덜어줄 만큼 충분한 양의 안정제를 주사했다. 새벽 한시 반, 에인절메모리얼병원에 들어서는 순간에는 분명한 예감에 입이 바짝바짝 말랐다. 집에 돌아갈 때는 클레먼타인 없이 녀석의 목걸이와 목줄만 가지고 가겠구나. 내 친한 친구 중에 새끼 적부터 클레먼타인을 보아온 수의사는 때가 닥치면 한밤중이라도 자기를 부르라고 신신당부를 했었다. 그래서 병원 주차장에 가보니 에이미가 먼저 와서 안락사와 익명의 임상의들이 포진한 삭막한 지대를 안내해줄 각오로 나를 기다리고 있었다. 에이미는 클레먼타인을 보낼 때도 바닥에 주저앉은 내 옆을 지켜주었다. 마음먹은 것보다 내가 더 많이 울어서 클레먼타인이 속상해하지 않을까 걱정했는데, 녀석은 내 팔에 발을 얹고 내내 차분했다. "가서 캐럴라인을 찾으렴." 내가 녀석에게 말해주었다. 죽으면서 클레먼타인은 나를 향해 앞다리를 내밀고 빙그르 몸을 돌려 내 품에 안겼다. 그렇게 녀석이 영원히 내 품에 머물 거라고 나는 믿는다.

클레먼타인을 그곳에 남겨두고 싶지는 않았다. 이름표를 부착한 클레먼타인의 사체를 에이미의 밴에 실었다. 두어 시간 후 날이 밝으면 동물병원이 문 여는 시각에 맞춰 에이미가 녀석을 데려가 화장시키기로 했다. 우리는 밝고 안락한 병원 불빛이 닿지 않는 곳에 밴을 세워두고 얘기하다가, 또 울다가 그렇게 한참을 앉아 있었다. 클레먼타인을 뒤에 싣고 있으니 묘하게 마음이 편안했다. 나는 세상에 생긴 너무나 익숙한 빈 공간을 애도 초기의 불신으로 다시 새롭게 응시하고 있었다. 새벽 다섯시쯤 돌아와 섬뜩하리만치 고요한 집안에 들어섰을 때는 눈물을 아무리 쏟아도 모자랄 만큼 슬펐다. 나보다 훨씬 더 큰 무엇이 도사리는 통로에 내가 서 있다는 것을, 도망가지 않고 그 자리에서 견디는 수밖에 없다는 것을 알고 있었다. 침실에 들어가니 서랍장 위에 놓인 캐럴라인의 사진이 눈에 들어왔다. 우리를 갈라놓는 그 엄청난 간극 너머로 그녀를 바라보며 인사했다. "안녕."

* * *

"칼로가 죽었습니다." 사랑하는 뉴펀들랜드종 반려견을 잃고 에밀리 디킨슨은 친구이자 멘토에게 편지를 썼다. "이제 어떻게 해야 할까요?" 이 헤어짐을 견딜 수 없었다는 말은 쓸데없는 사족이다. 왜냐하면 실제로 내가 견뎠고 우리가 견디기 때문이다. 견딜 수 있을 거라고 믿지 않았다는 말이 아마 더 적절할 것이다. 캐럴라인과 나는 루실과 클레먼타인을 잃는다는, 차마 상상할 수 없는 상황에 대해 여러 해 동안 이야기를 나누었다. 요행히 때가 맞아 두 녀석의 죽음을 우리가 함께 견디게 된다면 다행일 것 같았다.

클레먼타인이 좋아하던 뒤뜰의 은신처는 커다란 주목 밑이었다. 관목이 아주 무성하게 우거져서 바로 옆의 찔레나무가 주목 가지 사이를 구불구불 뚫고 위쪽으로 자라났다. 봄에 이층 베란다에서 내려다보면 마치 주목이 흰 꽃을 피워낸 듯 보인다—뾰족한 잎과 꽃과 상록의 마술적 교배종이랄까. 요술이든 조물주의 조화든 이런 환상적인 광경은 어디나 있다는 걸 이제는 안다. 중요한 건 이런 게 아닐까. 인생의 근본적인 슬픔 속으로 곤두박질치지도 말고, 그것이 나의 남은 나날을 규정하리라 지레짐작하지도 말고 그저 그 슬픔을 포용하는 것. 이런저런 일상적인 실수와 후회에도 불구하고 삶의 여정이 그 최후보다 한결같이 더 신비롭고 매력적일 수 있게 하는 것, 이게 진짜 요술이다.

클레먼타인이 어릴 때, 캐럴라인과 나의 유대가 조금씩 깊어지기 시작할 무렵 나는 두어 주 여름휴가를 보내기 위해 케이프코드 트루로의 숲에 숙소를 구했다. 캐럴라인도 루실을 데리고 하루 늦게 오기로 했다. 내가 저녁에 도착하니 부지 내 큰 저택의 관리인들이 찾아와서 집안에 노부인을 돌보고 있다고—백 세 가까운 연세이고 하루가 다르게 쇠약해진다며—알려주었다. 교대로 스물네 시간 간호중이라 자동차가 오가는 소리가 들리더라도 놀라지 말라는 귀띔도 주었다.

한 시간 뒤, 클레먼타인을 데리고 차에서 짐을 모두 내린 어스름에 간호사 한 사람이 다시 와서 문을 두드렸다. "잠깐 들르실 수 있는지 C부인께서 물으십니다." 간호사가 수줍게 말했다. "그 커다란 흰 개를 보고 싶어하시네요." 클레먼타인은 평소 휠체어에 탄 이웃을 보며 자라서 무례하게 굴 염려는 없었다. 저택에 들어서자 녀석이 노부인의 휠체어로 다가가 부인의 손 옆에 얌전히 앉았다. 흐릿하던 눈을 반짝이며 부인은 미소를 짓고 클레먼타인의 목덜미 털을 쓰다듬었다. "나는 큰 개가 좋다오." 그렇게 서두를 여는 부인의 말투에는 거리낄 것 없는 권위가 실려 있었다. 마치 그녀의 중대한 의견을 경청하는 장시간의 대화가 방금 속개된 듯한 느낌마저

들었다. 부인의 다른 면은 모두 노쇠했을지라도 목소리만은 온 힘이 실려 있었다. "자랄 때 우리집에 저먼셰퍼드가 있었지." 나에게 말하는 그녀의 목소리가 추억으로 따뜻했다. "이 근처 숲을 여기저기 뛰어다니면서 사람들을 놀래주곤 했다오." 이 이야기를 들려주며 미소 짓는 노부인의 모습에서 순간 오륙십 년 전 셰퍼드의 호위를 받으며 트루로의 야생을 겁없이 누비는 소녀의 모습이 보였다.

나는 줄곧 그 노부인의 운명이 썩 불행하지 않았을 거라고 생각했다. 육체의 삶은 모두 수그러들었어도 굴하지 않았고, 저물어가는 노화의 빛마저 무색하게 하는 추억과 당당한 존재감이 있었다. 자신보다 무게가 더 나가는 동물을 여전히 곁에 불러올 수 있고, 여전히 자신 있게 "나는 큰 개가 좋다오"라고 말할 수 있는 여성이었다. 나도 큰 개가 좋다.

* * *

"가슴에 구멍이 뚫린 것 같아." 클레먼타인의 죽음을 두고 한 친구가 말했다. 엄청난 상실은 결코 극복되는 일이 아님을 이제는 안다. 우리는 상실을 받아들이고, 상실은 우리를 깎고 다듬어 이전과는 다른, 더 다정한 생명체로 만든다. 고통 자체에서 해답이 나온다고 나는 이따금 생각한다. 상실의 슬픔과 기억은 그 나름의 내러티브를 만들어낸다. 이것이 프로이트와 네루다와 모든 투쟁담의 중심에 놓인 빛나는 진실이다. 죽음은 이야기를 요구하고 이야기를 탄생시킨다. 고대 부족들이 망자의 무덤에 꽃을 함께 묻은 것도 그런 이유다. 그들을 다시 불러오기 위해, 눈밭에 찍힌 발걸음의 흔적을 찾기 위해, 우리는 이야기를 한다.

캐럴라인이 죽고 나서, 나는 내 삶이 끝나기 전에 이루고 싶은 소망의 목록을 작성했다. 책 쓰기, 파리여행, 멋진 연애, 최대한 많은 개와 어울리기. 아 참, 그리고 하느님을 만나기. 마지막으로 덧붙인 이 한 가지로 세계가 송두리째 뒤집힐지 모른다고 친구에게 말했다. 별로 길지 않은 목록이지만 하나하나가 빼놓을 수 없이 중요해 보였다. 인생의 지도가 운과 상황과 의지로 구성된다는 걸 알기에 나는 계획적이면서도 무의식적으로 이 소망들을 성취하는 일에 착수했다. 클레먼타인을 잃으면 파리에 가서 여섯 달 동안 가슴이 터지도록 울고 집으로 돌아와 새로 강아지를 들이겠다고 캐럴라인에게 입버릇처럼 말하곤 했었다.

파리는 아직 목록에 남아 있다. 쇠약해지는 클레먼타인 옆에서 가슴 아프고 고단한 봄을 보낸 탓에, 녀석이 떠났을 때는 그 몸으로 해외여행을 가는 것이 자전거로 달나라에 가는 것만큼이나 힘에 부치는 일이었다. 대신 나는 슬픔과 불안의 그는 아래 여름을 보냈다. 클레먼타인이 없는 세상에서 어떻게 길을 잃지 않고 살아갈지 걱정스러웠다. 나라는 실체가 초라하게 느껴졌다.

사람들이 가져온 꽃다발은 주목 옆 녀석이 틀어박히던 자리에 모아두었다. 꽃들이 누렇게 시들면 그 위에 더 꽃을 쌓아, 녀석이 누워 있던 자리에 마른 꽃으로 침상이 만들어졌다. 캐럴라인이 죽고 나서 그녀에게 말을 걸었듯, 그리고 클레먼타인이 살아 있을 때 늘상 녀석과 대화를 나눴듯 나는 테라스에 앉아 녀석에게 말을 건넸다. 기억과 침묵의 소리에 귀를 기울이다가 적어도 당장은 파리여행에 별로 끌리지 않는 내 속마음을 알아차렸다. 내가 원하는 건 집안에서 느껴지는 숨소리, 나를 필요로 하는 누군가의 온기와 요구라는 사실도. "그 사랑은 네 것이야." 몇 해 전 잘못된 관계를 정리하려 애쓰는 내게 오랜 친구 피트가 말했다. "그건 없어지지 않아." 내 것인 사랑, 그것은 소중하고 쓸쓸한 선물이었다.

어느 오후에는 일면식도 없는 보더콜리 브리더와 한 시간이나 통화를 하게 됐다. 이 사람은 내 괴로움을 이해하고 그 후 몇 달 동안 꾸준히 내게 연락을 해왔다. 다른 목적 없이 오로지 친절에서 우러난 행동이었다. 수년 전 그 추운 날 클레먼타인을 구하러 달려와준 피터는 내가 차마 표현하지 못하지만 무엇을 잃었는지 잘 알고 있었다. 그래서 별일 없는 날

이면 어린 벨지언셰퍼드 샤일로와 달리기를 한 뒤 우리집 뒷문을 열고 큰 소리로 외치곤 했다. "개 왔어!" 샤일로는 집에 들어와 오전 나절 나의 보조견 노릇을 해주었다. 오래전부터 나를 제 가족에 포함시켜준 녀석이니 아마 클레먼타인의 죽음도 한발 앞서 예감했을 것이다. 내가 글을 쓰는 동안 샤일로는 방문간호사처럼 충실하고 차분하게 내 옆에 한 시간을 누워 있었다.

옛날 나바호족 사람들은 러그를 짤 때 어울리지 않는 실을 한 가닥씩 넣고 그 도드라지는 색이 바깥 테두리로 이어지게 했다. 이 의도된 결함은 러그 안에 갇힌 에너지를 풀어주고 또다른 창조로 이어지도록 길을 낸다는 뜻에서 영혼의 줄이라 불렸으며, 이 줄의 유무로 진품을 가릴 수 있다.

인생에서 굳게 품을 가치가 있는 이야기에는 모두 이런 영혼의 줄이 있어야 한다. 이것을 희망이라 부르든 내일이라 부르든, 내러티브의 뒷이야기라고 부르든 상관없다. 다만 이것 없이는—우리가 통제할 수 없는 미지의 선명한 불협화음 없이는—우리의 의식과 함께 모든 것이 안으로 무너져 파열될 것이다. 우주가 역설하는바, 모든 고정된 것은 유한하다.

덥고 화창한 늦여름 날, 나는 파리행이 아니라 볼티모어행 비행기에 올랐다. 루브르에 가는 것보다 더 멋없는 길을 더 많이 우회하는 힘든 여정이었다. 볼티모어공항에서 렌터카를 빌려 메릴랜드부터 펜실베이니아 시골을 가로질러 달리기 시작했다. 십 년 전에 그의 개를 본 적 있는 사모예드 브리더를 만나러 가는 길이었다. 펜실베이니아의 그 일대는 시골길과 야트막한 푸른 구릉이 곳곳에 펼쳐져 있고 집들의 태반이 농가 특유의 별 모양 장식을 달고 있어 소박한 남부 분위기가 물씬했다. 새벽부터 일어나 종일 혼자서 길을 헤매고 있자니 회의감이 들었다. 도대체 이 한적한 펜실베이니아 구석까지 와서 뭘 하고 있나, 이럴 시간에 이탈리아를 가든 몬태나나 남부 프랑스에 갈 수도 있었을 텐데. 그러다 동네의 거리 안내판처럼 눈에 띄지 않는 조그마한 간선도로 표지판을 지나치면서 '**메이슨딕슨 라인**'이라는 도로명을 확인하고 내 심장박동이 빨라졌다.

표지판을 지나자마자 길 맞은편에 보라색 네온사인이 걸린 싸구려 주류판매점이 나타났다. 술을 마시던 시절에는 여행을 많이 다녔고—알코올로 용기지수가 상승해 어디든 갈 수 있었다—도착지가 어디든 가장 먼저 했던, 아니 가장 먼저 하지 않을 수 없었던 일은 제일 가까운 주류판매점을 찾는 것이었다. 나는 언제나 내 욕망에 따라 행동하는 척했지만 사실 그것은 감옥살이나 다름없었다. 펜실베이니아의 그 주류판매점을 지나치며 보니 이른 오후에도 주차장에 차들이 절반 정도 차 있었다. 문득 저럴 수밖에 없었던 때의 기억, 나를 숨쉬게 할 술병들이 쟁여진 장소를 찾아다니던 그때의 기억이 머리를 스쳐갔다.

하지만 가게의 깜박이는 사인—**LIQUOR**—이 또다른 오래전 일을 떠오르게 해 나도 모르게 너털웃음이 났다. 내가 자랄 때 텍사스에서는 술을 사러 가게에 가거나 술로 목을 축이러 차에 간다는 말을 흔히들 "개 때문에 만날 사람이 있다"는 표현으로 대신했다. 그런데 이렇게 긴 세월이 지나 그로부터 멀리 떠나온 지금, 상심이 깊지만 맑은 정신으로 나는 멀쩡히 살아 있고 정말로 개 때문에 만날 사람이 있었다. 이 꼬마는 6월에 태어난 한배 중 하나라고 했다. 내 눈으로 직접 보기도 전에 벌써 이름을 지었다. 툴라Tula. 나는 전부터 이 예스럽고 멋진 남부식 이름이 좋았다. 기원을 찾아보고 나니 더 마음에 들었다. 툴라는 산스크리트어로 '균형'을 뜻하고, '고양시키다'라는 뜻의 '툴라야티tulayati'에서 나온 말일 수도 있다고 한다.

나보다 앞서 달리는 구름을 좇아 게티즈버그로 건너갔다. 성지와 기억의 장소에 들어선 순간, 그곳을 둘러싼 안개의 파노라마에 내 삶도 한데 휩싸였다. 나는 군사공원과 옛 격전지를 차로 둘러보고 국립묘지에 내려 긴 참배의 시간을 보냈다. 그리고 차에 올라 다시 길을 떠났다.

감사의 말

구상 단계부터 이 책이 나아갈 방향을 이해해준 편집자 케이트 메디나에게 감사한다. 한 쪽 한 쪽에 그녀를 향한 감사의 마음이 담겨 있다. 어둠의 친구 루이스 어드리크는 작가로도 벗으로도 더할 나위 없이 소중한 존재였고, 에이전트 레인 재커리는 언제나처럼 열정과 부처의 평정심을 보여주었다. 시인이자 재담꾼인 앤드리아 코언은 항상 유머에 담긴 진지함을 일깨워준 사람이다.

이 이야기를 하는 데 필요한 정서적인 끈기의 원천은 여럿이다. 마크 모렐리, 샌드라 시어, 레베카 냅, 데이비드 허조그에게, 이 이야기와 나를 위해 베풀어준 은혜와 우정에 크나큰 감사와 사랑을 전한다.

우리집을 훈훈하게 만들어주는 특별한 친구들, 피터와 팻 라이트, 캐시와 리오 드나탈, 에이버리 라이머, 릭 와이스버드, 피터 제임스, 마저리 개첼, 엘리자 가뇽, 루이자 윌리엄스, 그리고 토요일밤 멤버들에게 감사한다. 에이미 캔터와 베스 셰퍼드에게는 여러모로 보살핌을 받았다. 감사의 목록이 이렇게 길고 넘치는 것을 보면 캐럴라인도 기뻐했을 것이다. 끝으로 내 애도의 여정과 깊이를 모두 아는 딕 체이슨에게 사랑과 감사를 전한다.

옮긴이의 말

이 지면은 참 각별하다.

2013년에 출간된 이후 잠시 절판되었던 책의 이야기가 새 책으로 만들어졌다. 책의 수명보다 이야기의 수명이 더 길고 질길 수 있다. 이 사실이 유독 뭉클한 이유는 이것이 사라진 존재가 남긴 빈자리를 응시하는 이야기이기 때문이다. 그렇기에 사라질 뻔했던 이야기가 책의 물성을 입고 되살아난 것이 옮긴이 입장에서는 곱절로 의미가 깊다.

"인생의 지도가 운과 상황과 의지로 구성된다"라는 작가의 말은 얼핏 이야기의 운명에도 적용이 되는 듯하다. 두번째 기회를 얻지 못하는 무수히 많은 책들에 비해 『먼길로 돌아갈까?』는 억세게 운이 좋은 이야기다. 좋은 운은 우연 하나에 기대지 않는다. 우연이 힘을 발휘할 어떤 상황이 필요하다. 2013년과 2021년 사이 우리를 둘러싼 이야기의 지형이 달라졌다고 나는 느낀다. 여성이 들려주는 여성의 이야기, 여성과 여성이 애정을 나누는 이야기, 다른 생물종과 인간이 같이 살아가는 이야기, 중독과 의존에 취약한 몸과 마음을 고백하는 이야기, 상실을 겪고 견디는 이야기 들이 더 많아지고 더 깊어졌다. 『먼길로 돌아갈까?』는 이런 이야기들의 조각을 모두 담고 있다. 이 사실을 발견한 누군가의 의지가 있었기에 이 이야기가 다시 불려나올 수 있었을 것이다.

두번째 기회는 책의 안팎이 더 좋아질 기회이고 옮긴이로서는 모든 문장을 다시 읽을 기회이다. 덕분에 실수와 오류를 발견하고 바로잡으면서 몇 번씩 가슴을 쓸어내렸다. 그때는 모호했던 문장이 명확해 보이기도 하고, 그때는 간단했던 표현이 다시 보니 복잡하기 이를 데 없어 당황하기도 했다. 그래도 이야기의 의미를 함께 고민한 편집자가 있어 더 좋아질 기회를 놓치지 않을 수 있었다.

게일 콜드웰은 독자의 반응에서 '아, 우리가 저기 있구나'라고 느낄 때 큰 위로를 받는다고 말한 적이 있다. 이 책을 읽으며 '아, 우리가 저기 있구나'라고 말해준 이들, 앞으로 말해줄 이들에게 감사드린다.

2021년 가을

이승민

옮긴이 이승민

대학에서 영문학을 전공하고 대학원에서 문학과 영화의 학제간 연구로 석사학위를 받았다. 직설법과 상상력이 교차하는 에세이를 즐겁게 읽고 힘들게 옮긴다. 옮긴 책으로, 『뉴욕도서관으로 온 엉뚱한 질문들』『지킬의 정원』『런던을 걷는 게 좋아, 버지니아 울프는 말했다』『STORY 시나리오 어떻게 쓸 것인가』 등이 있다.

먼길로 돌아갈까?

1판 1쇄 2021년 9월 9일 | **1판 4쇄** 2024년 8월 28일

지은이 게일 콜드웰 | **옮긴이** 이승민
기획·책임편집 박아름 | **편집** 송지선 황지연 이희연
디자인 강혜림 | **저작권** 박지영 형소진 최은진 오서영
마케팅 정민호 서지화 한민아 이민경 안남영 왕지경 정경주 김수인 김혜원 김하연 김예진
브랜딩 함유지 함근아 박민재 김희숙 이송이 박다솔 조다현 정승민 배진성
제작 강신은 김동욱 이순호 | **제작처** 영신사

펴낸곳 (주)문학동네 | **펴낸이** 김소영
출판등록 1993년 10월 22일 제2003-000045호
주소 10881 경기도 파주시 회동길 210
전자우편 editor@munhak.com | **대표전화** 031) 955-8888 | **팩스** 031) 955-8855
문의전화 031) 955-1927(마케팅) 031) 955-2646(편집)
문학동네카페 http://cafe.naver.com/mhdn
인스타그램 @munhakdongne | **트위터** @munhakdongne
북클럽문학동네 http://bookclubmunhak.com

ISBN 978-89-546-8183-4 03840

www.munhak.com